真実はベッドの中に

石持浅海

双葉文庫

目次

待っている間に

彼は、わたしを護《まも》ってくれる騎士なのだろうか。それとも?

＊

がちゃりという、鍵が閉まる音。

続いて、ぱたんという、ドアガードが倒される音。

「これで、もう誰も入ってこられない」

田原《たはら》が、やや硬い笑みを浮かべた。「これでも不安?」

沙耶《さや》は曖昧《あいまい》にうなずく。

「大丈夫だとは思うけど」

田原はしょうがないなというふうに立ち上がると、鞄を開いた。中から社名入り封筒を取り出す。入っていた書類を抜き取り、空になった封筒を幾重にも折った。ある程度の厚みになったところで、ドアとドア枠の隙間に、強引にねじ込む。即席の補助錠だ。

「鍵は、合い鍵を使われる可能性がある。ドアガードは、わずかに開いた隙間からバーナーか何かで焼き切られる危険が、ないとはいえない。でもこれなら、ドアはわずかも開かないから、相手はドアをぶち破るしかない。派手な音がするし、ある程度の時間が必要だから、部屋に入ってくる前に取り押さえられる。それに——」

田原は窓に視線をやった。つられて窓の方を向く。午後遅くの日差しが、カーテン越しに部屋をぼんやりと明るくしていた。

「ここは三階だ。窓の外には、足場になるようなものはない。だから窓から侵入することもできない。誰も、入ってきたりしないんだよ」

丁寧な説明に、沙耶はようやく肩の力を抜いた。田原は普段から機転の利く男だ。このような状況下でも、それは変わらないとみえる。

封筒をねじ込む作業で、手に埃《ほこり》が付いたのだろう。田原はユニットバスへと姿を消した。開けたままのドアから、水音が聞こえてくる。手を洗っているのだろう。戻ってくるなり、背後から抱きしめられた。耳元で囁《ささや》く。

「大丈夫だよ。誰も、沙耶を殺したりなんて、できない」

言い終えると指先で髪をかき分け、耳たぶを咥《くわ》えられた。ぞくりとした快感が首筋を走る。

「別に、殺される理由なんて、ないよ」

強がりというより、単なる本音だった。しかし田原の回答は素っ気なかった。

「網島《あみしま》だって、そう思ってたかもしれない」

網島の死に顔を思い出して、身体が硬直する。と同時に、田原が傍《そば》にいることに身体が反応して、芯が熱くなった。内部からの熱が、硬直をほどいていく。そう。自分は大丈夫だ。田原がいてくれるから。

太い右腕が伸びてきた。服の上から左の乳房に触れる。掌《てのひら》を被《かぶ》せるように、ゆっくりと力を加えられた。熱い息を漏らす。

「わたしが殺されるとしたら、田原さんの奥さんにだろうね」

背後で、苦笑する気配。

「でも、あいつはここにいない」

もちろんだ。それはわかっている。ここは会社の保養所だから、休日には社員が家族連れでやってくることも多い。だけど今日は平日だし、業務に使っている。彼の奥さんがいるはずがないのだ。

沙耶はその事実に、別に安心しなかった。悪いことをしているという意識はない。田原も同様なようで、若い女性社員との火遊びと、家族に対する愛情は別物と割り切っているようだ。沙耶としても、その方が後腐れがなくていい。そう思っていた――今朝までは。

服の上からまさぐる動きが、ますますしつこいものになっていく。田原は、服の上から胸を触るのが好きなのだ。シンプルなカットソーは、決して彼のために着てきたわけではない。ただ、彼の好みであることも、また事実だ。本人曰く「その方が、沙耶の胸の大きさがはっきりわかるから」ということだけれど、別にそんなつもりで着ているわけじゃない。楽なだけだ。それでも喜んでくれるのなら、それでいい。自分だって、服を着たままじっくりと快感を育て上げられるのが好きなのだ。単に、田原に身体を開発されただけなのかもしれないけれど。

乳房を弄《もてあそ》ばれるままに、沙耶は顔を上げる。田原が背後から覆《おお》い被さるようにキスしてきた。さすがに体勢が不自然だから、舌を入れることはできない。唇が触れ合うだけだ。彼の舌先が、唇を舐《な》めた。

「ん……」

唇を閉じたまま、声が漏れる。それが合図になったように、彼の手がカットソーの裾をたくし上げた。ブラジャーの上から触れてくる。カットソーの上からとは違って、ブラジャーの周辺の素肌にも手が触れる。その中途半端な刺激がたまらない。

こちらも、いつまでもやられっぱなしというわけにはいかない。右手を彼の股間に持っていく。見なくても、位置関係はわかっている。チノパン越しでも、硬くなっているのがわかった。

おや、と思う。田原は、恐怖していないのだろうか。同僚が、同じ施設の中で殺されたというのに。男が恐怖すれば、股間は縮こまると聞いたことがある。しかし今の田原は、すぐにも戦闘可能な状態にあった。たいした胆力だ。

――いや、違う。

沙耶はすぐに思い直す。いつもの田原は、この段階で硬くすることはない。服の上から胸をまさぐるなど、愛撫のうちにも入っていないといわんばかりに、分身は冷静さを保っていた。しかし今日は違う。やはり、事件が彼の精神と肉体に、何らかの影響を与えているのだ。どのような影響なのかはわからない。でも、今の沙耶にとっては、使い物にならないより、よほどいい影響だった。

掌で包み込むように握る。チノパン越しだから、脈動を感じることはできない。それでも、いつもの硬さを感じることができた。男は睾丸《こうがん》を握られると痛みに悶絶《もんぜつ》するけれど、竿はいくら力を入れられても、気持ちがいいだけだと教わった。これは田原個人の感想ではなく、以前つき合っていた男たちも言っていたから、本当のことなのだろう。さらに力を込める。

沙耶に応えるように、田原はブラジャーの縁から手を滑り込ませてきた。乳首を指先でつまれる。すでに硬くなっていたそれが、強く押し潰《つぶ》された。

「あん……っ」

思わず声が漏れてしまう。痛み。続いて痛みを超える快感が広がってくる。

昨晩も、同じことをした。会社からは、沙耶と田原は別々の部屋を与えられている。しかし沙耶の部屋は、単なる荷物置きにしか使われていない。本人は、田原の部屋にいた。今夜も、そうだ。

「昨夜《ゆうべ》」

育っていく快感に身をゆだねながら、沙耶は口を開いた。

「網島さんと瑠美《るみ》も、同じことしてたのかな」

喋っている間も、握る手の力は緩めない。田原も反応しているようだ。息が熱くなってきた。

「そうかもな」

「だったら、瑠美が網島さんを？」

「そんなこと、わからないよ」

答えながら、また乳首を強くつまむ。

「瑠美ちゃんが『奥さんと別れて』って網島を脅《おど》したんならともかく。いや、それじゃあ、殺されるのは瑠美ちゃんの方だ。瑠美ちゃんが網島を殺す理由なんて、考えつかない」

「田原さんは、奥さんと別れてくれる？」

わざと、紙に書いたものを読んでいるような口調で言った。

冗談だとわかってくれたようだ。背後で笑う気配があった。

「別れたら、俺と結婚するのか？」

「しないね」

あっさりと沙耶は答えた。

「世間から後ろ指さされる略奪婚なんて、ごめんだよ。わたしには、もっといい縁談があるはずだから」

「ひどい奴だ」

言いながら、パンツに手を潜り込ませた。しかも、下着の奥だ。いつもは下着の上からじっくり快感を育てるくせに。

沙耶の大切な部分は、もう湿り気を帯びている。それが田原にもわかったのだろう。じゃり、という陰毛の感触を楽しむように、手を動かしてきた。その刺激に、また反応してしまう。

でも、すぐに快感に没入してはもったいない。ただ、待っているだけなのだ。他にやることのない状況で、あっさり終わらせてしまえば、残りの時間をどうするというのだ。できるだけ理性を留めておけるように、沙耶は懸命に頭を回転させる。

「やっぱり、わたしたちの仕事に関係してるのかな」

普通ならいちばん萎《な》える、会社の話題を出した。しかし背後の熱は、ほんのわずかも温度を下げなかった。

「まあ、真っ当に考えれば、その可能性が高いだろうな。なにしろ俺たちは、やばい仕事に手を染めているんだから」

やばい仕事。

まさしくそのとおりだ。といっても、沙耶が入社したのは、怪しげな会社ではない。日本人なら誰もが知っている大企業といっていいだろう。沙耶の会社が製造している炊飯器やオーブントースターは、どんなに小さな電器店に行っても置いてあるし、多くの家庭で活躍している。

しかし、会社の業務はそれだけではない。いわゆる家電だけではなく、業務用の製品も多く製造している。そして会社に利益をもたらすのは、むしろ業務用機器の方だ。だから一般市民にとっては、自分たちの見えない部分で稼いでいる会社だともいえる。

しかし。会社は、もう一段奥にも、見えない部分を持っていた。輸出用の産業機器だ。

「ウチの会社は、意図的にワッセナー協定を破っているんだから。世間にばれたら、大変なことになる。こんな事件が起きた以上、真っ先に思いつくのは、仕事との関係だろう」

ワッセナー協定。新COCOMともいわれている国際的取り決めのことだ。従来のCOCOMの目的は、共産圏相手の軍事技術の移転禁止だった。しかし共産圏の崩壊と共に、一九九四年に廃止された。代わって出てきたのが、ワッセナー協定だ。簡単にいえば、日米欧が敵性国家と見なした国に対して、軍事技術、あるいは軍事に転用可能な技術を流さないという取り決めだ。きちんと新聞やテレビニュースをチェックしていれば、それがどの国々を指しているのかは、すぐにわかる。それらの国が、軍事開発のために国民に不自由を強いていることも。そこの国民を犠牲にして生み出した軍事関連予算で、沙耶の会社は儲けているわけだ。

決して表沙汰になることはない。第三国を通じて、慎重に取引しているからだ。いざとなったら、自分たちの知らないところで勝手に取引されていたと、言い逃れる準備もできている。しかし会社は、製品がどの国でどのように使われるかを承知している。それどころか、依頼主からの改良依頼が何を目的にしているかも、すべて把握している。うちの会社の家電を使っている人たちは、さぞかし驚くことだろう。ミサイルの推進薬製造技術が、ホームベーカリーの小麦粉を混ぜる技術から派生したものだと知ったら。

国家間協定を無視する以上、会社は細心の注意を払って業務を行っている。開発スタッフの人選が、その最たるものだ。

東証一部上場企業である以上、一定以上の能力を持っている人間しか、入社を許されない。しかし、それだけではダメなのだ。下手に社会正義に燃えて内部告発などされてはたまらない。業務命令は業務命令と割り切って、誰にも口外せずに淡々と仕事をこなしてくれる人間が望ましい。

社畜という言葉が当たり前に使われる日本ですら、そんな人材はそれほど多くない。だから会社は、入社後の勤務評定を通じて人選を行い、ふさわしい人材を、最大の収益事業であり同時に危ない仕事に従事させる。

沙耶自身には自覚はなかったけれど、会社は沙耶を適任と判定した。その結果、通常は習志野の開発センターに勤務しながら、ときおり本社から連絡が入る身になった。社内でも内緒にしなければならない業務が発生すると、京都の保養所に集合がかかるのだ。研修だ、と。ご丁寧なことに、会社は身に覚えのない失敗をあげつらう。だから研修が必要だと。おかげで社内では、沙耶はドジっ娘《こ》キャラで通っている。それはそれでいい。研修という名の秘密業務。「研修手当」が年齢に不釣り合いな収入をもたらしてくれる。いわば口止め料だけれど、沙耶には拒む理由がない。だから、社会的にはかなり問題があると知りつつ、指示されるままに業務をこなしてきた。まあ、そんな沙耶の態度こそが、会社の求めている人材という証明になるのだろう。

「この仕事が原因だったとしても」

熱い吐息と共に、沙耶は言った。

「わたしは、感謝してたんだけどな。おかげで田原さんと会えたんだから」

田原が笑った。

「ずいぶんと、殊勝なことを言うんだな」

指先が肉の芽を捉え、沙耶の身体が跳ねた。

「嘘……じゃないよ」

本音だった。網島の死体を見つけたとき、久世《くぜ》の狼狽《ろうばい》ぶりは見苦しいばかりだった。言葉こそ田原と同じく「やばい仕事をやっていたから、こんな事件が起きたんだ」というものだったけれど、彼の全身から発散されていたのは、怯《おび》えのオーラだった。すぐに冷静さを取り戻した田原とは、雲泥の差だ。自分の相手がこの人でよかった。そう思った。網島の死が何を意味するのかはまだわからないけれど、田原ならば、自分を護ってくれる。そんなふうに思えた。

「わかってるよ。俺だって、会えてよかったと思っているんだから」

沙耶の気持ちを汲み取ったのか、田原はそんなことを言った。首をねじ曲げて、またキスをする。

秘密業務のメンバーは、全国に散らばった研究所や開発センターから選抜されている。四日市研究所の田原とも、京都の保養所で出会った。田原は三十代半ばの、妻子ある男性だ。しかし、同じ秘密を共有しながら、一定期間寝食を共にするのだ。沙耶が田原と一線を越えるのに、時間はかからなかった。

同じことが、材料研究所の網島と生産技術センターの瑠美にもいえる。沙耶の見立てでは、おそらく沙耶たちよりも早く、男女の関係になっていた。彼らだけではない。ソリューション事業部の久世とソフトウエア開発センターの真理亜《まりあ》も、時期を同じくして肌を重ねているはずだ。

会社がそれを狙ったのかはわからないけれど、会社の暗部を共有する者たちが懇《ねんご》ろになることによって、機密はより強固に護られる。おまけに三組とも、妻子持ち男性と若い独身女性という取り合わせだ。関係そのものを秘密にしなければならないから、機密もまた口にすることはできない。うまくできているものだ。

そう。メンバー選びは万全のはずだった。

実際、業務はうまくいっていた。沙耶たちが開発した製造機械は相手国に納入され、期待どおりの性能を発揮しているはずだ。そして今週の「研修」でも、沙耶たちはおおっぴらに用途を言えない機器を組み立て、完成したら本来の職場に戻る。そのはずだった。

それなのに、事件は起きたのだ。

水曜日から始まった作業。沙耶たちは夕刻まで働いた後、全員で夕食を摂《と》った。

企業の保養所だから、運営や利用方法はホテルに近い。だから社員が行楽に使うときや、表の業務に使用するときは、食事を作ってくれる料理人が派遣される。しかし裏の業務をやるときには、そんなものは来ない。そのため沙耶たちは、自分たちで食事を作ったり、外食したりしている。

初日の夕食は、恒例の出前ピザだ。ビールで乾杯して、食事を済ませたら自由時間になる。それぞれがあてがわれた部屋に戻って、のんびりと過ごす。沙耶の場合は——一応は人目を忍んで——田原の部屋に向かった。田原は自分で酒と肴《さかな》を持ち込んでおり、二人で飲んだ後、同じベッドで眠った。

そして木曜日の朝。始業時刻になっても姿を現さない網島をみんなで起こしに行ったら、発見してしまったのだ。自室のベッドで冷たくなっている網島の姿を。

沙耶は手探りで、田原のベルトを緩めた。チノパンのボタンを外して、チャックを下ろす。トランクスの上から握った。トランクスの生地は薄い。今度は熱と脈動を感じ取ることができた。これが今から自分の中に入ってくると思うと、期待に気が遠くなりそうになる。

「仕事が原因なら、どうしてわたしでも田原さんでもなく、網島さんなの?」

「わからない」

返答は淡泊だったけれど、下着の中の動きは、濃密そのものだ。こちらも頭は思考能力を維持しようとしていて、股間は粘液を分泌し続けている。どちらを優先すべきかわからない状況ではあるものの、ここは淡泊な返答に合わせておく。

「わからない?」

「そうだ」

言うなり、中指が深々と潜り込んだ。今さら中指ごときで激しい反応を示したりしない。それでも声が漏れてしまう。

「警察だか公安だかがウチの会社に目を付けていたとしても、奴らが社員を殺すわけがない。仕事がらみで可能性があるとすれば、取引先と敵対している、別の国だろう。俺たちに、商売をやめさせようとしてね。もしそうなら、ターゲットは俺たち全員ということになる。網島は隙を見せたから、まず殺された。そんな可能性がある」

自分たちもまた、殺されるかもしれない。田原はそう言っているのだ。恐怖に背筋が震える。しかし震えは、同量の快感のせいかもしれなかった。

「隙……って?」

「あいつは、この業務に迷いを感じていた」

女に一物を握られているとは思えない、冷静な田原の答えだった。

「気になってはいたんだ。もちろん網島は、仕事をさぼったりしていない。でもここ数回、あいつの表情がすっきりしなかった。言葉の端々から、これからもこの仕事に従事していくべきなのか、迷っていることが窺《うかが》えた。世間にばれたら、妻子が路頭に迷う。そんな仕事を続けていいものだろうか。大体はそんな感じだ。敵対者から見たら、隙を見せていることになる。弱い奴から殺していくのは、ある意味当たり前のことだ」

「……………」

ふっ、と田原の雰囲気が緩んだ。

「もっとも、俺が取引先の敵対国家だとしたら、地味な研究員なんて殺さないけどね。現実問題として、まったく意味をなさない」

だから、沙耶も安心していいよ――田原はそう続けた。中指の動きが激しくなってくる。激しいながらもツボを押さえた動きに、こちらの息も荒くなってしまう。

ダメだ。耐えられなくなって、トランクスを下ろしてしまう。むき出しになったものを、直に握る。熱い。握ったまま、手を上下させた。掌の中で、硬いものがびくんと跳ねた。

「会社は、来てくれるかな」

手を休みなく動かしながら、質問とも独白ともつかない科白《せりふ》を吐いた。

死体発見のパニックが過ぎ去った後でも、沙耶たちは警察に通報しなかった。

当然のことだ。警察を入れるということは、すなわち会社の悪事を暴露することにつながる。平社員が安易に決断していいことではなかった。

代わりに沙耶たちが取った行動は、東京の本社に連絡することだった。会社が通報を命じれば通報するし、するなと言われればしなければいい。そして本社の決断は「通報するな」だった。

『いいですか。まずは、現場保存を心がけてください』

こちらの業務を知る総務部担当者は、電話口でそう言った。

『急いでこちらの人間を派遣しますから、通報することなく、待っていてください。いいですね。何もせずに、ただ待っていてください』

その言葉に従って、沙耶たちは網島の死体を放っておいて、業務の続きもせずに、ただ本社の人間が来るのを待っている。

「少なくとも」

田原もまた、手を止めずに答える。

「網島の死体を発見して、本社に連絡してから、もう六時間以上経っている。東京から京都までは、六時間あれば十分にたどり着けるはずだ」

本社は来るつもりがない、と言いたいのだろうか。沙耶がそう尋ねると、田原は「さてね」と無責任な回答をした。

「保養所で、しかもやばい仕事の最中に社員が殺されたんだ。会社としては、状況を把握しなければならない。だから、来ないという選択肢はないはずだ。でも、この仕事の担当役員は今岡《いまおか》専務だ。あいつは小ずるいからな。何を考えているのやら」

今岡の顔を思い浮かべる。一見実直そうでいて、実は卑怯という点では、社内で一番か二番という担当役員の顔を。確かに、今岡なら何をやり出すか、わかったものではない。

「まあ、予想外の事態に、本社が右往左往してしまって、結論が出ていないだけだと思うけどね」

田原はそれで会話を終わらせるつもりのようだ。その証拠に、今まで背後にいたのに、体勢を入れ替えて正面に立った。唇を合わせてくる。今度は、舌を深々と差し入れてきた。

「んむ……」

長いキスの後、ふうっと息を吐く。もう一度、激しいキス。さらにもう一度。田原は、何度もキスを繰り返すのが好きなのだ。もちろん、沙耶も。田原とのキスは、下手をすれば股間を直接触れられるよりも、感じることがある。

田原は沙耶の両手を上げさせ、カットソーを脱がせた。ブラジャーもだ。むき出しになった乳首を吸う。

「あっ……」

さんざんいじられて敏感になった乳首は、どんな愛撫にも反応してしまう。田原は右の乳首を左手で触りながら、左の乳首を口に含んだ。強く吸われる。軽く歯を立てられた。どうすれば沙耶が悦ぶか、わかりきった動き。

背骨が発熱しているような気がした。その熱が内側から身体を火照《ほて》らせる。と同時に、熱自体が重量を持っているかのように、下に降りてくる。行き着く先は、股間。熱は股間で粘液に変わり、体外に排出された。下着を濡らす。じゅん、と音を立てそうな量だった。

まるで熱の動きを見ていたかのように、田原の手がパンツにかかった。すとんと落とす。次に両手を沙耶の下着に当てて、自らもしゃがみながら、ゆっくりと下ろした。ひょっとしたら、下着と股間の間に、糸が引いていたかもしれない。

田原が股間にキスしてきた。

「ひゃうっ！」

鋭い声が漏れる。ぞくぞくする快感が、先ほどの熱とは逆向きに駆け上がった。そのまま舌を伸ばして、裂け目を下から上に舐め上げる。三回繰り返されると、一瞬意識が遠くなった。軽くイッたのだ。沙耶は自力で立っていられなくなって、両手を田原の頭に突く。男はまったく気にすることなく、舌先で肉の芽をつついている。

「あんっ、も、もう……」

沙耶の懇願に、田原は股間から顔を離した。沙耶をベッドに寝かせる。そして自らも服を脱いだ。沙耶に覆い被さるのではなく、寄り添うように横たわった。何をしてほしいのかはわかっている。沙耶は一度自分の股間に手を当てて、自ら分泌した液体を掌に移した。その手で、田原の男の部分を握った。ゆっくりと上下に動かす。ぬめり気を帯びた掌は、いやらしい音と共に長い竿を往復する。

「おう。いいよ」

田原はそう言ったけれど、沙耶の手の動きは数回で止まった。手ではなく、口を使い始めたからだ。

田原のものは、巨大というわけではない。しかし十分な硬度があった。カリの開きも申し分ない。そして何より、熱かった。今の沙耶に必要なのは、その熱だ。

いきなり咥えたりしない。先ほど田原が沙耶にやったように、舌を伸ばして舐めた。根元から先端に向かって、ゆっくりと上っていく。カリの手前は、特に入念に攻めた。田原がここで感じることを知っているからだ。

「お、おおう」

田原が感じ入った声を出す。その声が聴きたかった。満足して、赤黒い亀頭を口に咥えた。唇の裏側と舌で愛撫する。同時に、休ませていた右手で竿を握った。

自ら顔を上下させ、強く吸った。田原の先端からは、すでに先走りが漏れている。

「うんっ！」

口を使いながら、沙耶も声を上げる。体勢を変えた田原が沙耶の股間に顔を埋め、愛撫を再開したからだ。

秘裂の周辺を舌でいじったかと思えば、ずぶりと入れてくる。中指よりも短いはずの舌は、それでも沙耶を反応させた。唇から力が抜ける。

「もう、ダメ……」

田原が笑う気配があった。

「何が？」

指で芽をつまむ。舌がまた差し込まれた。まるで飲ませようとするかのように、沙耶の内部は液体を分泌し続けた。

「ダメ……許して……」

ここまで育ってしまっては、行き着くところまで行くしかない。田原が体勢を戻した。沙耶に覆い被さる。両脚を抱え上げた。その体勢のまま、ずぶりと突き入れた。

「あうっ！」

快感が脳をゆさぶった。もう沙耶の頭の中には、網島の死に顔などどこにもなかった。正確には消え去ったわけではなく、全身に拡散して沙耶を浸食しているのかもしれない。それでも、いや、だからこそ、沙耶は田原と肌を合わせている。不吉なもの、穢《けが》れたものは、体内から追い出してしまわなければならない。そのためには、内部の熱で焼き尽くすしかないのだ。

田原が動き始めた。短いストロークを送り込んでくる。その動きに合わせるように、沙耶は荒い息を吐いた。田原の息も熱い。カリが粘膜をこする度に、沙耶は何度も声を上げた。

何をやっているんだろうと、思わないではない。同僚が死んだばかりなのだ。それなのに、自分は妻子ある男性と昼間から乳繰りあっている。

だって、仕方がないじゃないか。会社からは、何もするなと言われている。ただ、待てと。そうしているだけだ。メンバーたちは、腹を割って話せるほど仲がいいわけではない。おまけに、目の前の同僚が、犯人でないとは誰にも言えないのだ。事件についての議論など、できるわけがない。結局、夕食までは自由時間にして、各自が部屋にこもることとなった。

唯一信頼できるのは、網島が殺された時間帯にずっと沙耶と一緒にいた、田原だけだ。得体の知れない事件への恐怖から、安心できる田原に頼るのは当然のことだ。恐怖と信頼感、そしてもてあました時間と来れば、セックスしかすることがない。

「くううっ！」

声がひと際高くなった。田原が奥まで突いてきたからだ。つながったままキスをする。お互いの口の中を削り取るように舌を這《は》わせた。その間も、腰の動きは止《や》まない。仮に田原の動きが止まったところで、結果は同じだっただろう。沙耶の腰がひとりでに動いていたからだ。

田原の口が沙耶の口から離れ、右の乳首に移った。強く吸われる。左の乳首は、潰そうとするかのように強くつままれた。

「ひゅっ！」

沙耶の喉は笛のような音を立てた。唇で吸われながら、その奥で舌が刺激を与えてくる。

「あっ！　ああっ！　そこっ！」

叫んだ。田原の動きが激しくなる。沙耶の両膝を持ち上げ、身体を折り曲げるように腹に触れさせた。大きく開いて無防備になった股間に、真上から自らを打ちつけてくる。沙耶はあっという間に上り詰めていった。

「ダメっ！　ダメっ！　ダメえええええっ！」

快感はブレーキの壊れたトラックのように暴走していた。後はもう、クラッシュするしかない。

沙耶の限界を感じ取ったか、田原の動きがさらに激しさを増した。

「沙耶っ！　いくぞっ！」

「いいっ！　いってっ！」

田原の最後の掘削《くっさく》は、沙耶をクラッシュさせた。脳が急激に収縮するような感覚。そして爆発した。強く閉じられた目蓋《まぶた》に、いくつものフラッシュが焚《た》かれた。

「くううううううっ！」

沙耶が絶頂を迎えたのと同時に、田原もまた放っていた。射精時の脈動をコンドーム越しに感じた。

ふうっと息をついて、田原がキスしてくる。弛緩《しかん》した身体を抱きしめられた。

「大丈夫だよ。沙耶は、俺が護る」

「来ないね」

平板な口調で、瑠美が言った。田原が腕時計に目をやる。

「もう、六時半だ。本社に連絡してから、九時間が経っている。いくら何でも、遅すぎるな」

沙耶はスマートフォンを操作した。液晶画面を注視する。

「東海道新幹線が遅れているって情報は、ないわね」

保養所の食堂。夕食の時刻を午後六時半に定めていた沙耶たちは、再びここに集まった。田原との行為の後、少し眠ってシャワーを浴びたから、頭はすっきりしている。服は着替えていないけれど、同じ女性である瑠美と真理亜であれば、沙耶がシャワーを浴びたことに気づくだろう。同時に、午後の中途半端な時間帯にシャワーを浴びた意味も、想像がつくはずだ。眉をひそめるかもしれないけれど、どうでもいいことだ。社内で彼女たちが、沙耶を不謹慎でふしだらな女だと言いふらしたりすることは、決してない。

午後六時三十五分になって、真理亜が姿を現した。一人だ。

「おつかれ」

気怠《けだる》い声で、そう言った。沙耶の隣に座る。

真理亜の身体から、石けんの香りが漂ってきた。おや、と思う。真理亜もまた、シャワーを浴びてきたのだ。ということは、午後の時間に、久世と一戦交えたのだろうか。

真理亜は周りを見回した。

「本社の人は、まだなの?」

「そのようね」

瑠美が答える。恋人とはいえなくても、肉体関係のあった男性が殺された。衝撃は少なくないはずなのに、彼女は気丈に自分を保っている。童顔で幼児体型の彼女は、どうしても頼りなく見えてしまうけれど、今の瑠美は凛々《りり》しかった。もっとも、網島を殺したのが瑠美自身だったら、衝撃など受けようがないという考え方もあるけれど。

「久世さんは？」

沙耶が尋ねると、真理亜は素っ気なく首を振った。「知らない」

「一緒にいたんじゃないの？」

やや意地悪な口調で瑠美が突っ込む。真理亜はまた首を振った。

「最初は、ね。でも、すぐに自分の部屋に戻っちゃった」

「戻った？」

「うん。だって、うっとうしいんだもん。ずっと、網島さんが殺されたのは、仕事が原因だとか、自分たちも殺されるんだとかぶつぶつ言ってるんだから。一緒にいるとこっちも暗くなっちゃいそうだから、逃げたんだ」

真理亜はややきつめの顔だちをしている。身長も高くてスリムだから、彼女がそんな科白を吐くと、ちょっと怖い。網島の死で恐怖している久世がそんな態度を取られたなら、むしろ真理亜に怯えたのではないだろうか。

自分たちは商品ではない。それでも幼児体型の瑠美とモデルのような真理亜、そして胸の大きい——女性同士の尺度では、単なるデブ——の沙耶が並ぶと、男どもは「どれにしようかな」と考えるだろう。結果的に田原に選ばれて、幸運だった。網島は殺されてしまったし、久世は頼りにならない。現場を統率して事態の収拾に当たれるのは、彼しかいない。彼自身が言ったように、沙耶を護ってくれるはずだ。

田原が階段の方を見た。

「籠城《ろうじょう》してんのかな。本社が来るまでは、一人で部屋にこもっていれば安心だからって」

真理亜が鼻から息を漏らした。「そうかも」

「じゃあ、放っておいてもいいか」

そうねと言おうとして、胸騒ぎがした。網島は、始業時刻に姿を現さず、呼びに行ったら死んでいた。

「様子を見に行った方が、いいんじゃないのかな」

田原は、提案の意味を正確に理解したようだ。立ち上がる。「見てこよう」

全員で食堂を出た。保養所は、二階と三階が宿泊スペースだ。二階が家族で泊まれる広い部屋。三階が単身か夫婦で泊まる狭い部屋という構成になっている。だから今回の業務では、沙耶たちは三階の部屋に宿泊している。一人の男性と三人の女性は、三階まで階段で上がった。

「ここよ」

真理亜が部屋のひとつを指し示す。田原が代表してノックした。しかし返事がない。真理亜が呼びかける。返ってきたのは沈黙だった。

顔を見合わせた。田原がドアノブを握る。保養所のドアは、オートロックではない。ドアノブをひねると、あっさりドアが開いた。

「――っ！」

息を呑んだ。

ベッドの上で、久世が死んでいた。

ドアを閉めた瞬間、沙耶は田原にむしゃぶりついた。

田原が抱きしめてくる。狂ったように唇を合わせた。

「どうして……」

そうつぶやいた口を、またふさがれた。もつれ合うように白いベッドに転がる。

久世のベッドは、文字通り血の海だった。

「首を切られてるな」

ベッド脇に立った田原が、そう言った。

「動脈だか静脈だかを切断されて、大量出血したんだろう。網島のときと同じだ」

生死の確認など、必要ないほどの出血。久世が死んでいることは、明らかだ。

久世は下着姿だった。白いTシャツと、紺色のトランクス。網島はグレーのTシャツとブリーフだったけれど、下着姿という点では同じだ。少なくとも、全裸ではない。真理亜を抱かなかったのか、それとも抱いた後で下着だけ身につけたのかはわからない。真理亜がシャワーを浴びていることからすると、後者の可能性が高いと思われた。

久世の居室は、沈黙に包まれた。誰も、何も言わない。横目で真理亜を見る。その顔には、いかなる表情も浮かんでいない。網島の死体を見たときの瑠美と同じだ。許容量を超える衝撃が加わったため、脳が自動的にシャッターを下ろしたかのようだ。抜け殻のような女性が、そこにいた。

四人は黙ったまま、食堂に戻った。本社に連絡する。

『なんだって？』

さすがに、総務の担当者の声が高くなった。

「私たちは、いったいいつまで待っていればいいんですか。警察に通報もせずに」

田原の声に苛立ちが混じる。電話機のスピーカーから流れ出てくる返答は、しかし素っ気なかった。

『こちらからの援軍は、とっくに出発しています。まもなく到着するはずですから、待っていてください。警察への通報は、その者が行います。あなた方は、何もしないこと。それを徹底してください。大丈夫です。あなた方は業務命令に従っただけです。何の落ち度もありません』

最後の科白は、まるで決まり文句を口にしたときのような口調だった。田原は受話器を下ろしてため息をついた。

「本社の人間は、まもなく到着するそうだ」

まるで信じていない表情。

「待つしかない。その間に、メシを食うか？」

食べようという人間は、一人もいなかった。田原はうなずく。

「じゃあ、本社の奴が来るまで、ここで一緒に待つか？　それとも、また各自で部屋に戻る？」

「戻ります」

瑠美が即答した。「今は、一人になりたいから」

「わたしも」

真理亜が立ち上がった。「田原さんは、沙耶を護ってあげてください。いや、違うな」

片頰を吊り上げた。

「最初に殺されたのが、網島さん。次が、久世さん。狙われたのは、男の人です。あの人たちが、一人きりになった隙を狙われたのなら、田原さんは沙耶と一緒にいたら安全かもしれません――沙耶、田原さんを護ってあげてね」

言いたいことだけ言うと、返事を待たずに食堂を出て行った。瑠美も倣《なら》う。沙耶と田原は二人で食堂に取り残された。仕方がないから、二人で田原の居室に戻ることにした。

階段を上っている途中から、すでに沙耶の下腹部はじんじんと痺《しび》れていた。

怖い。知り合いが殺され、犯人がまだ捕まっていない。そのことがどれだけ恐怖をもたらすかを、沙耶ははじめて知った。

人間は、恐怖を見つめ続けることはできない。本能が、恐怖から目を逸《そ》らそうとする。そしてすぐ傍には、犯人であり得ない男性。性の快感で恐怖を紛らわせようとするのは、自然な成り行きだった。

階段を上るとき、手が触れた。それだけで、ずしんとした快感が身体を走る。男に触れただけでこんな気持ちになるのは、中学生のとき以来かもしれない。

そして今、二人でベッドにいる。はぎ取るように服を脱ぎ、全裸になった。キスをする。午後のセックスの余韻は、まだ身体の奥に残っている。種火が付いたままのようなものだから、沙耶の身体はすぐに燃え上がった。田原を握る。そこはもう、鉄のように硬くなっていた。沙耶だって、人のことは言えない。股間の裂け目は、すでに溶鉱炉のようになっている。溶鉱炉に鉄の棒が投げ込まれた。しかし鉄は溶けはしなかった。むしろ溶鉱炉以上の熱を発しながら、炉の中をかき回してきた。

「ひいっ！」

沙耶の口から悲鳴が漏れた。しかし田原は一切手加減することなく、ピストン運動を繰り返した。その動きに合わせて、沙耶の乳房が揺れる。仰向《あおむ》けになっても平たくならない乳房は、社内で豊胸手術疑惑が浮上しているくらいだ。その乳房に、田原がむしゃぶりついた。

「ああっ！」

痛みと快感。田原は沙耶の両足首をつかむと、大きく広げた。

「あ……、ちょっと」

沙耶の言葉を、田原は聞いていなかった。脚を大きく開いた状態で、腰を打ちつけてきた。股が開いていると、締められない。沙耶は男に翻弄されるがまま、ただ快感のみを与えられていた。

「あっ！　いいっ！　いいっ！　ダメっ！　ダメぇっ！」

支離滅裂な声を上げながら、沙耶は頭を打ち振った。沙耶の体内で、田原の先端が膨らんだ気がした。

「ううっ！　いくよっ！」

「いいっ！　きてっ！」

田原の背中に爪を立て、沙耶は叫んだ。最後に最深の突きを加えると、田原は放っていた。痙攣《けいれん》のような脈動。田原はごろんと横に転がった。

一度の絶頂では足りなかった。沙耶は体勢を入れ替え、田原の股間を握った。コンドームを外して、口を縛《しば》る。床に放り投げた。そして、むき出しになったものに口を被せていく。強く吸った。

「うおおっ！」

田原が高い声を上げた。射精直後の陰茎は神経過敏になっている。そこを攻められたら、どんな男も悶絶する。まるで全身に愛撫を受けた女のように、田原の身体が跳ねた。沙耶は夢中になって、一度放ったにもかかわらず硬さを失わない田原の分身を吸った。

たまらなかった。ベッドサイドのコンドームを取って、表裏を確認して口に当てる。そのまま田原を咥えると、コンドームが装着された。胴体に跨《また》がる。右手で竿を握って固定すると、ゆっくりと腰を沈めた。

「うああっ！」

「おうっ！」

二人の声が重なる。沙耶はゆっくりと動き始めた。自分で動くと、快感を自分で制御できる。それがいいという女性がいる。逆に、翻弄されてこその快感だという女性もいる。女性上位は、オナニーと変わらないと。

どちらも正しいと思う。状況によって選べばいいだけのことだ。今の沙耶は、自ら快感を追い求めている。自分で腰を動かすのは当然のことだった。

「くうっ！」

田原の立てた膝に両手を当てて、沙耶は動き続けた。手が伸びてきて、乳房をいじられる。乳首を引っ張られた。かまわず動く。腰を回すような動きから、跳ねるように上下させた。手が乳房から外れ、ゴムまりのように弾んだ。田原のものが深々と刺さる。奥に当たる感覚がたまらなかった。

「うっ！　あっ！　ああっ！」

呆れるくらい単純な動きを繰り返した。男にこれをやられたら、「女を悦ばせる気のない、独りよがりなセックス」と失笑してしまうような動き。しかし今の沙耶は、自分の快感だけを求めていた。

突然、下から田原が突き上げてきた。

「ひゃうっ！」

予想外の快感に、沙耶の動きが止まる。田原は両手で沙耶の腰を固定し、下から攻撃を加えてきた。

「ひゃっ！　ひゃうっ」

たまらず、上半身を倒す。胸と胸が合った。唇を貪《むさぼ》る。

沙耶を乗せたまま、田原が上半身を起こした。このまま対面座位に突入するかと思ったら、動きを止めずに沙耶を下にした。左脚を肩に乗せて、沙耶の身体を少し傾ける。そして突き入れた。

「あっ！　そこっ！」

田原のものは、少しだけ左に曲がっている。だから沙耶の左半身を起こした状態で貫くと、曲がった先端がちょうどGスポットをこするのだ。たまにしか肌を合わせないのに、田原はすでに沙耶のGスポットを把握していた。

「そこっ！　いいっ！　いいっ！」

田原が遠慮のない動きを送り込む。沙耶は立て続けに声を上げた。脳の収縮が始まった。

もうダメだ。止められない。

「ああっ！　そこっ！　いっ、いくっ！」

「おうっ！　いいよっ！　いいよっ！」

動きがさらに激しくなる。田原は沙耶の左脚を両手で抱えるようにして突いてきた。

収縮した脳が、弾けた。

「いくううううっ！」

同時に、田原も放っていた。さすがに量は少ないけれど、射精の激しさは変わらない。田原は左脚を解放し、沙耶の身体に体重を預けてきた。心地よい重さだ。

行為を終えても、二人はつながったままだった。ちょっと締めてみたけれど、さすがに田原は硬さを失っていた。無理もない。今日、三回目の射精だ。しかも休みなしで二回連続。いくら何でもハードだっただろうか。けれど夜は長い。自分たちは、あと何回行為に及ぶのだろう。死の恐怖から逃れるために。

ふうっと息をついて、田原は沙耶から降りた。横に寝転がる。二人並んで、天井を眺めた。

「通報しよう」

突然、田原が言った。

「えっ？」

思わず、顔を見る。田原は天井を見上げたままだった。

「警察に、通報しよう。本社の奴が、いつ来るかわからない。このままだと、また犠牲が出かねない」

「……………」

沙耶は何も言えずに、ただ田原の言葉を聞いていた。

「考えてみたら、網島が殺された時点で、すぐに通報するべきだった。あのとき警察を呼んでいたら、久世は死なずに済んだ」

「で、でも」

ようやく口を開くことができた。あれだけ激しいセックスの直後なのだ。いきなり理性的な話をされても、ついていけない。

「そんなことしたら、会社の仕事がばれて……」

「人の命の方が、大切だ」

田原が遮《さえぎ》った。「こうしている間にも、瑠美ちゃんか真理亜ちゃんが殺されているかもしれない。ここは保養所だ。要塞じゃない。外部から侵入して犯行に及ぶのは簡単だ。本社の連中を待っていたら、助かる命も助からないかもしれない」

「で、でも」沙耶はまた言った。「わたしたちのやっていることがばれたら、田原さんだって困るでしょう」

「困る」

あっさりと肯定した。

「ちょっと調べれば、会社ぐるみだということは、すぐにわかる。会社には何らかの処分が下されるだろうし、社会的制裁も加えられるだろう。業績が悪くなって、ボーナスが出なくなるかもしれない。社名が新聞にでかでかと出れば、家族も肩身の狭い思いをする。でも――」

田原はようやくこちらを向いた。

「やっぱり人命の方が大切だ。本社があてにならないのなら、自分たちで行動を起こさなきゃ、身を護れない」

田原の口調はしっかりしていた。いつもの頼りがいのある、ぶれない男の口調。身体の火照りが急冷された気がした。沙耶は一度瞬《まばた》きすると、男に答えた。

「そうね。その方がいいかも。でも、疲れたよ。ひと眠りしてからでも、いいんじゃない？ひょっとしたら、起きる頃には本社の人が来ているかもよ」

田原が天井に向かってうなずいた。

「そうだな。それもいいな。確かに、くたびれた」

「激しいからよ」

からかうように言うと、苦笑が返ってきた。

「どっちがだよ」

「どっちも。だから、寝よう」

「うん」

田原が目を閉じた。しばらく待っていると、静かな寝息が聞こえてきた。

沙耶はそっと身を起こした。田原を起こさないように、音を立てずにベッドを降りる。服を身につけた。ドアを開けて、廊下に出る。階段を下りた。

一階は静かだった。やはり本社の人間は来ていないようだった。食堂ではなく、作業室に向かう。中に入って照明を点けると、作りかけの機器が置いてあった。昨日のままの姿だ。それも当然の話で、今日は何も作業を進めていない。

左右を見回す。隅の棚に目を留めた。

「あれかな」

独り言を言って、棚に近づく。繰り出し式の、大型カッターを手に取る。

親指でスライダーを押して、二段階ほど刃を出す。棚に押しつけて、刃を折った。これで刃先は新しくなった。

カッターを手に、部屋に戻る。そっとドアを開けると、田原は眠ったままだった。よしよし。

カッターを床に置き、沙耶は服を脱いだ。全裸になったのは、抱かれるためではない。裸のままカッターを拾い上げると、ベッドに近づいた。

田原の寝顔を覗きこむ。よく眠っている。カッターの刃を、長めに繰り出した。田原の首筋に当てる。一度深呼吸をしてから、カッターに全体重をかけた。ぶつりという感覚と共に、カッターが太い血管を切断した。

勢いよく血が噴き出して、沙耶の身体を濡らした。田原の目が見開かれる。しかし何が起きたのか、まったくわかっていないようだ。その目は沙耶を捉えることなく、また閉じられた。

「バカ」

沙耶は動かなくなった田原に話しかけた。

「通報ですって？　何言ってんのよ」

カッターをベッドに放り投げる。

「そりゃ、あんたはいいでしょうよ。給料が減って、家族が肩身の狭い思いをするだけなんだから。でも、こっちはどうなるのよ。いい縁談があるはずだって言ったでしょ。それなのに、やばい仕事に手を染めてたって世間にばれたら、まとまる話もまとまらないじゃないのよ」

話しながら熱くなるはずの場面なのに、沙耶の声は凍りついたままだった。

「奥さんは、いいのよ。結婚してるんだから、ただ一緒にいればいい。旦那が悪事を働いたといっても、業務命令なんだし、クビになるわけでもない。ほとぼりが冷めたら、今までどおりの生活が送れる。でも、わたしはそうならない。女には、売りどきがあるの。それを逃したら、こちらが望む縁談は、もう来ないの。あんたは正義の味方面《づら》して、わたしの人生をめちゃくちゃにする気なの？」

沙耶は、事件の全貌が見えた気がした。

最初に網島がドロップアウトしたのだ。良心の呵責《かしやく》に耐えかねて、内部告発しようとした。そのことを、ベッドで瑠美に話してしまったのだ。

瑠美は恐怖した。理由は沙耶と同じだ。幸せな未来が失われると思ったから。仕事から抜けたいのなら、本社にそう言えばいい。会社は、悪の秘密結社ではない。口封じで殺されるなんてあり得ない。厳重に口止めをされて、解放してもらえるだろう。そうしたら、瑠美は傷つかずに済む。しかし内部告発では、こちらも無傷ではいられない。

咄嗟《とつさ》の判断だったのか。あるいは、口論の挙げ句なのか。瑠美は、網島を殺した。おそらくは後者だ。いくら悪事に手を染めているとはいえ、打算から即殺害とはならない。弾みのようなものが必要だ。保養所といいながら、ここには機械を組み立てる設備や道具が揃っている。女の細腕でも男を殺すことは、十分に可能だ。

しかし、事件はそれだけでは終わらなかった。網島の死を目の当たりにして、今度は久世が恐怖した。誰もが想像したように、網島の死は、自分たちの仕事に絡んだものだと思い込んだ。身を護るためには、通報するしかないと。

おそらく、久世に悪気はなかったに違いない。彼は彼で、真理亜を護りたかった。ただ、護る手段は通報しかないと思い込み、そのことを真理亜に話した。真理亜もまた、瑠美と同じ思考経路を辿《たど》って、久世の口を封じた。こちらは、すでに殺人事件に巻き込まれている。異常な状況に精神が冒され、勢いで凶行に及ぶことは十分に考えられる。

そして、沙耶だ。

田原にも、悪気はなかった。自ら行動して事態を打開しようとする男は、最も効果的な対策を採ろうとした。確かに、通報していれば、ものの五分も経たないうちに、自分たちは身の安全を確保できただろう。

しかしそれは、女性たちの将来など何も考えていない、独善的な判断だった。何があっても、結局は自分も家族も安泰だ。何のことはない。結局沙耶とのことは、火遊びに過ぎなかったと、自分で白状したわけだ。ちょっと考えればわかることなのに。警察に通報せずに、本社に始末を付けさせることこそが、沙耶の幸せを保証してくれるというのに。彼は、そんなことすら、考えようとはしなかった。

沙耶は自らの身体を見下ろした。返り血を浴びて、真っ赤になっている。しかし毎月出血している女は、血なんて怖がらない。乳房にかかった血を指先でぬぐって、股間に持っていった。裂け目をなぞる。ぞくぞくとした快感が、背筋を駆け上った。

おっと、いけない。こんなことをしている場合じゃない。沙耶はシャワールームに入ると、熱い湯で血を洗い流した。血と共に、こすりつけられた田原の臭いもまた、身体から抜けた気がした。

バスタオルで身体を拭いて、服を身につける。田原の死体には目もくれずに、部屋を出た。階段を下りる。

食堂では、瑠美と真理亜がビールを飲んでいた。皿には、柿の種。沙耶が食堂に入っていくと、二人の視線がこちらに向けられた。沙耶は何も言わずにキッチンに入り、冷蔵庫から缶ビールを取り出した。テーブルについて、プルタブを開ける。ひと口飲んだ。大きく息をつく。

「――田原さんは？」

瑠美が訊《き》いてきた。「様子はどう？」

「大丈夫」沙耶は答える。「もう、通報できない」

真理亜が小さく笑う。「そう」

田原は、自分を護ってくれる騎士だと思っていた。しかし、土壇場で彼は裏切った。騎士の資格を放棄したのだ。そしてその行為は、被害者の資格を獲得することに通じていた。会社の暗部をさらけ出し、自分たちの将来を閉ざそうとするという、被害者の資格を。

真理亜が缶ビールを掲げた。沙耶と瑠美が倣う。軽く缶を触れ合わせた。

ひと缶飲み干したところで、ブザーが鳴った。玄関ドアの呼び鈴だ。玄関に向かい、鍵を開けると、ドアの外には五十代半ばの男性が立っていた。実直そうな顔。しかしその瞳には、一筋縄ではいかない光をたたえている。担当役員の、今岡専務だ。

今岡は沙耶たちを見て、次に廊下の奥に視線をやった。どうして女性社員しかいないのか。男性陣はどうした。そんな顔をした。

「いったい、何があったんだ？」

そう尋ねた。

「裏切り者を、始末しました」

淡々と真理亜が答える。それだけで、すべてを理解したのだろうか。あるいは、わざと遅れて来る間に、期待していたことがまさに実現したという会心の表情なのか。今岡はにやりと笑った。

「ご苦労だった」

相互確証破壊

確かに、約束としてはいい方法かもしれない。

でも、本当に必要なの？

＊

「こんなところかな」

江見《えみ》がこちらに戻ってきた。和沙《かずさ》と並んで、角度を調整していたビデオカメラを確認する。

液晶モニターを反転させているから、レンズとモニターが両方ともこちらを向いている。

小さな液晶モニターには、二人の姿が映っていた。コート掛けにバンドで固定してあるから、見下ろすような角度になっている。江見が器用なのか、慣れているからなのか、画角がちょうどベッド全体を映し出すように調整されていた。

派手な内装までは映り込んでいない。それでもベッドのデザインだけで、ここがラブホテルだとわかる。大人の男女が、シティホテルでなくラブホテルに入る。その事実だけで、二人がどんな関係なのか、観た人間には簡単に想像できるだろう。観る人間がいればの話だけれど。

画面の右上には、赤い丸印が表示されている。もう録画は始まっているのだ。

和沙は大げさにため息をついた。

「悪趣味というか、何というか――」

江見が笑った。「いいじゃないか」

言うなり、唇を合わせてきた。

最初は触れ合わせるだけの、軽いキス。一度離れて、また触れる。今度は少し強めに。三度目には、舌が入ってきた。舌先で歯茎を舐《な》められる。

「む……ん……」

喉の奥で声を漏らす。舌と舌が絡み合う。息が苦しくなるまでお互いの口を貪《むさぼ》った後、いったん離れて服を脱いだ。やりたい盛りの十代ではない。服を着たままベッドに倒れ込むことなんてない。第一、そんなことをしたら服にしわが寄ってしまう。脱いだ服を丁寧にハンガーに掛けて、下着も取り去った。

液晶モニターに、和沙の裸体が映し出される。まだ二十九歳だ。特段胸が大きかったりウエストが締まっているというわけでなくても、身体の線はまだ衰えていないと思う。

衰えていないのは、江見も同様だ。四十過ぎだというのに、お腹が出る兆候がまったくない。「学生時代と比べると、かなり筋肉が落ちた」と本人は笑うけれど、その下にぶら下がっているものは若者と変わらない。和沙はこれまで中年男性に抱かれたことがなかった。そのため男性機能が衰えるのがいつ頃からで、それがどのような現象となって現れるのか、実感としてよくわからない。もっとも、知る必要もなかった。今現在、江見の持ち物がどうなのかが大切なのだから。

立ったまま、裸で抱き合う。江見のものは、すでに立ち上がっている。硬くなったものをお互いの下腹で挟む形になった。まるでカイロを当てられたように、下腹部に熱を感じた。また、貪るようなキス。今度こそ、二人でベッドに倒れ込んだ。

右の乳首を口に含まれた。左の乳首は指でつままれる。ぬるりとした感覚と、わずかに痛みを伴う刺激が、左右から同時に襲ってきた。

「あ……」

声を上げる。江見は手で乳房を揉みしだきながら、唇で乳首を愛撫するという、器用な動きをした。あっという間に乳首が硬くなる。思わず手を伸ばして、江見のものを探す。けれど届かない。

江見の頭が、さらに下がった。両手は乳房を刺激しながら、舌が和沙の身体を這《は》っていく。

みぞおちから左に流れ、脇腹を舐められた。

「あんっ」

脇腹は、性感帯のひとつだ。瞬時に鳥肌が立つ。ざらざらとした肌を、江見の舌がさらに撫でていく。今度は這い上がってきた。腕をつかんで開かせ、腋《わき》の下を舐め上げた。

「ひゃうっ！」

声が高くなってしまった。また手を伸ばす。今度は届いた。握る。先ほどよりもさらに熱さを増していた。

「ねえ……」

和沙が言った。それだけで意味がわかったのだろう。江見は和沙に覆《おお》い被《かぶ》さっていた身体を起こした。仰向《あおむ》けに寝転がる。今度は和沙が上になった。上半身のではない。開いた脚の間に身体を入れて、天を向いたものの上にだ。

最初は、手だ。弱い力で握って、上下させる。弱い力でも、硬度がわかる。この硬さを、和沙はいつも不思議に思う。血液が流れ込んでくるだけで、どうしてこうも硬くなるのか。強く握っても、びくともしない。仮に本気で噛んだとしても、歯が立たないのではないか。そんなふうにすら思ってしまう。もちろん、本気で噛むつもりなどない。表皮が張ってつやつやしている亀頭に舌を這わせた。

「うっ」

今度は江見が声を上げる。すぐには、口に含まない。亀頭からカリ、そして竿の部分も丁寧に舐めていく。自分の舌の動きに、自分自身が反応した。どんどん唾液が出てくる。口の中に十分溜まったところで、先端に唇を被せた。

「うおっ」

また江見が声を上げる。江見によると、人間の口の中は、意外と硬いのだそうだ。言われてみると、そうかもしれない。柔らかいのは頬の内側だけ。後は、口蓋《こうがい》も歯茎も歯も硬い。舌は本来柔らかいものだけれど、それこそ男のものと同じだ。骨が入っていなくても硬くできる。表面がざらざらしているから、なおのこと硬く感じられるだろう。口の中は、けっこうごつごつしているのだ。

だから口で含まれると、あちこちが硬いところに当たって、わずかに痛みを感じるという。本来挿《い》れるべき場所では、決して感じない痛み。それがいいのだと、江見は言っていた。だったら、もっと強い刺激を与えてあげよう。和沙は強く吸った。舌の表面を押しつける。

「おうっ、いいよ」

江見の掌《てのひら》が、和沙の頭に触れた。何の合図かは、すぐにわかる。和沙は江見のものを口に含んだまま体勢を変えて、江見の胴体にまたがった。太股を開き、膝をベッドの上に突く。

江見の両手が、脚の付け根に当てられた。左右に引っ張られる。和沙の股間が、男の目にさらされた。すぐに舐め上げられた。

「むううっ！」

江見のものを口に含んだまま呻《うめ》いた。じゅん、と音がしそうな勢いで、ぬめりが分泌される。ぬめりが舌先ですくい取られ、先端の突起に塗りつけられた。

「うあっ！」

江見を口から離し、和沙は声を上げた。すぐに咥《くわ》え直す。顔を上下させる。強く吸ったまだ。そうでなければ、勢いよく口から飛び出てしまいそうだからだ。

江見の舌が入ってきた。股間は、一部を除いて鈍感だ。それでも入ってきたという実感が、和沙の快感を高めた。舌が抜き差しされる。同じリズムで、内部から液体が分泌されていった。

「も、もう――」

和沙が言った。江見がコンドームを手渡ししてくれる。封を切り、中身を先端に当てる。そのまま口に含んで、装着した。身体を起こす。江見自身を手に持って股間にあてがい、そのまま身体を沈めていった。硬いものが、内部に侵入してきた。

「あんっ！」

上になったまま動き出す。江見の両手が伸びてきた。乳首をつままれる。力を入れられた。ぞくぞくとした快感が背骨を駆け抜ける。乳首をつままれたまま、和沙はさらに激しく動いた。合わせるように、江見が下から突き上げてくる。

「あんっ！　あんっ！」

「うおっ！　いいよっ！」

とはいえ、女性上位は長続きしない。快感のため、体勢を維持できなくなるからだ。身体がのけぞりがちになったところで、つながったまま江見が上体を起こした。反対に、和沙が仰向けになる。太股を上げて、膝を曲げる。今度は、江見が動き始めた。

「きゃうっ！」

先ほどと違う角度からの刺激が、和沙の脳を殴りつけた。江見の顔が降りてくる。つながったままキスした。突き出された舌を、強く吸った。

すでに和沙が十分に動いている。接合部分はぬめりに不自由しない。江見は和沙の両脚を肩に担《かつ》ぎ上げて、大きな動きで下腹を叩きつけてきた。ぺちぺちという、間抜けで淫靡《いんび》な音がラブホテルの部屋に響いた。

「うあっ！　あっ！」

和沙はシーツをつかんで声を上げた。本当は男の身体に腕を回して、背中に爪を立てたいところだ。けれどそんなことをして、痕《あと》を残してはいけない。

江見が、和沙の右脚を下ろした。代わりに、左脚をぐいと持ち上げる。和沙の身体が右側を下に横向きになった。その体勢のまま、江見が深く突き入れた。

「あうっ！」

和沙がひときわ高い声を上げた。江見が両手で左脚を抱えて、遠慮なく突いてくると、和沙はあっという間に上り詰めていった。

「あっ！　もっ！　もうっ！」

夢中になって叫んだ。江見の動きも速くなっていく。

「おうっ！　いくよっ！　いくよっ！」

「うんっ！　きてっ！」

脳が収縮する感覚があった。そして、破裂した。

「うあぁっ！」

「おうっ！」

和沙が達し、ひと呼吸遅れて江見が放った。コンドーム越しの射精を、子宮が満足感と共に受け入れた。

放った後も、江見は左脚を抱えたままだった。だから和沙も、右を向いたままだ。絶頂でぼんやりした目が、壁際のコート掛けを捉えた。その上には、ビデオカメラが固定されている。

液晶モニターに、自分が映っている。乳房をさらけ出し、開いた股間には、男のものが挿入されている。痴態《ちたい》という以外いいようのない姿を、ビデオカメラが記録し続けていた。

「ふうっ」

江見が大きく息をつき、ようやく和沙の左脚を放した。和沙も体勢を戻し、ベッドに仰向けになる。手探りでティッシュボックスを取り、二枚抜き出す。結合部分にティッシュペーパーを添えて、ゆっくりと抜き取った。

「んんっ！」

抜き取られる際の刺激が、余韻のような快感をもたらした。江見がティッシュペーパーを手渡してくれる。コンドームを付けていたから、精液は出てこない。拭き取るのは、もっぱら自分が分泌した液体だ。

江見は自分でコンドームを外し、股間を拭いた。陰毛付近に和沙の体液がべったりとついている。拭き取りにくいから、シャワーで落とすつもりなのだろう。立っても垂れない程度にぬぐった。ティッシュペーパーを丸めて、口を縛《しば》ったコンドームと共にゴミ箱に捨てた。

「どれどれ」

言いながら立ち上がり、ビデオカメラに向かった。録画を止める。ビデオカメラを手にベッドに戻ってきた。

「ほら」

液晶モニターを和沙に向ける。再生ボタンを押した。服を着たままキスをする二人の姿が映し出される。江見が早送りボタンを押し、頃合いをみてまた通常再生に戻した。全裸の和沙が江見にまたがり、腰を振っていた。口を半開きにして快感に耽《ふけ》る、我ながら醜《みにく》い顔だ。きちんと録画されていたことに満足したのか、江見は再生を止めた。ベッドから立って、今度は自分のビジネスバッグを取った。中からノートパソコンを取り出し、起動する。ビデオカメラをノートパソコンにつないだ。それから、USBメモリも。タッチパッドを指先で操作し、ボタンをクリックする。数回繰り返すと、満足そうにひとりうなずいた。USBメモリをノートパソコンから取り外す。ベッドに戻ってきた。「はい」

和沙は身を起こし、USBメモリを受け取った。USBメモリは、和沙のものだ。そして、中にはすでに過去の行為が書き込まれている。背徳の記録が、また増えたわけだ。

和沙は上目遣いで江見を見た。

「どうして、こんなことするの？」

江見が瞬《まばた》きした。前にも説明したじゃないかとその顔が語っている。けれど、あらためて口に出してくれた。

「俺たちの関係が、浮気だからだよ」

冷蔵庫から缶ビールを二本取り出す。一本を和沙に渡した。プルタブを開けて、ひと口飲む。

「浮気である以上、どちらからでも一方的に解消することは可能だ。その際、捨てられる方が『あんたの配偶者に言いつけてやる』とか言って修羅場になることは、十分考えられる」

和沙も缶ビールを飲む。安っぽいメロドラマのような展開だけれど、だからこそ本当に起こりそうだ。

「でも、このビデオがあったら？　修羅場どころじゃない。一瞬にして家庭を崩壊させる破壊力がある。武器が強力すぎるから、お互い慎重にならざるを得ない。だから、関係を続けるのも終わらせるのも、お互い納得ずくで決めることになる。データを君にも渡しているのは、そのためだ。お互いが持っていることが大切なんだよ。浮気相手というのは、いわば共犯者だ。だったら、裏切らないようにしなきゃね」

「要は、核兵器みたいなものでしょ」

ビールを飲んで、和沙が言った。

「お互いが相手を滅ぼせる核兵器を持っていると明言すれば、核戦争は起きない。相互確証《Mutual Assured》

破壊《Destruction》。ＭＡＤっていう、冷戦時代の発想」

江見が笑った。

「うまいこと言うね。さすがはＰＲ屋さんだ」


「あの、さあ」

徹《とおる》が小さな声で言った。食卓の回鍋肉《ホイコーロー》を眺めていた和沙が顔を上げる。「なに？」

「今度の土曜日なんだけど」

徹は箸の動きを止めて、続けた。「鈴鹿に行っていい？」

鈴鹿とは、三重県鈴鹿市のことだ。そして徹がその地名を口にする場合、百パーセント鈴鹿サーキットを指している。

またか——そう思いながら、和沙は素っ気なくうなずいた。「いいよ」

徹がホッとした顔をする。「ごめん」

和沙はその言葉を無視した。

「また、レースなの？」

「うん」

わかりきったことなのに、儀式的なやりとりをする。これも必要なことだ。

「土曜日は、泊まり？」

徹が箸の動きを再開した。

「うん。というか、金曜日の夜から前泊して、日曜日の夜に戻ってくるつもり」

今週末に宿泊するのだから、ホテルは以前から予約していたのだろう。今さら「行ってい？」もあったものではないけれど、和沙は気づかないふりをした。

結婚生活って、こんなものなんだ――。

それが、偽らざる感想だ。三歳年上の徹とは、親戚の紹介で知り合った。要は、お見合いだ。たまたま特定の恋人がいなかったし、仲のよかった同僚が結婚したばかりだったこともあり、なんとなく受けたのだ。

徹の第一印象は、悪いものではなかった。体型はややふっくらとしているけれど、顔だちもそれなりに整っていて、話し方にも粗野な感じがない。世間一般にも知られる大企業に勤めているから、生活面での不安も少ない。逆に、どうして今まで独身だったのか不思議なくらいだった。

つき合ってみると、独身の理由はすぐにわかった。徹は、極端なオートバイマニアだったのだ。愛車をいつもぴかぴかに磨いていて、休みになるとバイクに乗って旅に出掛ける。オートバイレースがあると、鈴鹿だろうが富士だろうが駆けつける。女に興味がないわけではないだろうけれど、趣味に没頭しているうちに、なんとなく今の年齢になってしまった。それが手に取るようにわかった。

一方の和沙は、オートバイにはまるで興味がない。自分にとってオートバイとは、買い物に使うスクーターのことだ。それすらも、就職して実家を離れてからは、使っていない。知り合ったばかりの頃は徹もレースに誘ってくれたりしたけれど、露骨に面白くないという態度を示してしまったおかげで、すぐに誘われなくなった。

それでもよかった。今までつき合ってきた男だって、色々な趣味を持っていた。男というものの特質なのか、どれも和沙が興味を持てない種類のものだった。だから徹が、特段変わっているわけではない。ちょっと、のめり込んでいるだけで。だから、結婚に踏み切った。

結婚生活が始まり、徹も最初は気を遣ってくれた。オートバイを封印したわけではなくても、多くの時間を和沙のために割いてくれた。けれどストレスが溜まっていくのが、傍《はた》からも見て取れた。だから和沙の方から提案したのだ。もうちょっとバイクに時間を使っていいよ、と。旦那の趣味を認めない奥さんというのは、ものすごく恰好悪いイメージがある。自分がそうなってしまうのが嫌だった。

徹は申し訳なさそうにしながらも、趣味を再開した。のめり込み具合が独身時代に戻るのに、時間はかからなかった。いつしか会話が少なくなり、休日に徹が一人で出掛けることが増えていった。物理的な距離が大きくなる機会が増えるにつれて、夜の営みは減っていった。ひょっとして、趣味を隠れ蓑《みの》にして、徹は浮気しているのではないか。だから自分を抱こうとしないのではないか。

そんなことを考えたこともあった。徹が眠っている間に、携帯電話のメール記録を見てみようかと思ったこともある。けれど、実際にやりはしなかった。ましてや興信所に浮気調査を依頼するなど、思いつきすらしなかった。夫が離れていく不安。自分がないがしろにされている不満、怒り。そういった感情がないではない。けれど、それ以上に和沙の心を占めているものがあった。

それは、無関心だ。自分は、徹に関心を持っていない。夫だというのに。結婚式では、永遠の愛を誓い合ったというのに。

けれど、自分の心はごまかしようがない。徹とは家庭を作る相手としてふさわしいと思ったから結婚したのだ。決して、愛していたからではない。

厳然たる事実を自覚してからは、かえって寛容になれた。好きにしていいよ。こっちも、適当にやるから。素直に、そう思えた。

和沙は笑顔になった。

「いいよ。たまのイベントなんだから、楽しんでくれば」

余りに慣れっこになったから、自分ですら作ったものだとすぐには気づかない、完璧な笑顔。妻には、必須の技能だ。

「ごめん」徹はもう一度言った。「また、お茶を買ってくるから」

三重県鈴鹿市周辺は、高品質の緑茶を生産している。和沙がお茶好きと知っての発言だった。

「ありがと」

完璧な笑顔のまま答える。お茶好きなのは、本当のことだ。

こうやって、表面上はいい夫婦を演じていけばいい。いや、演じるという表現は正しくない。自分たちにとって結婚生活とはこういうものだと定義し、そのとおりにしているだけだ。それは和沙も徹も同じことだ。自覚したら、スッと気分が楽になった。だからこそ、心穏やかに結婚生活を続けていられる。

でも、身体のうずきだけは、どうしようもない。夜の生活が実質上なくなったのは、思ったよりもストレスになった。かといって、今さら徹に「抱いて」とは言いづらい。

そんなときに出会ったのが、江見だった。

江見とは、仕事で知り合った。和沙は、商品のＰＲをプロデュースする会社に勤めている。顧客企業と綿密な打ち合わせをして、彼らが望む形のＰＲを考案し、実行に移す。それが和沙の仕事だった。

ある日、顧客企業の法務担当として、江見が現れた。やや痩せ形の体型は、小太りの徹を見慣れた目には、ずいぶんとスリムに見えた。

江見が来訪した目的は、和沙たちが企画したPRの内容が、法律的に問題ないかをチェックすることだ。江見は和沙たちが作成した企画書をざっと眺めた。

「ああ、これはまずいですね」

和沙は、江見の第一声をまだ憶《おぼ》えている。自分たちが磨き上げたコピーを、彼は「優良誤認の危険性が高い」と、ばっさり切り捨てたのだ。

何を言っている。商品が優良だと認識してもらわなければ、売れないじゃないか。それに、公平な目で見ても、担当した商品は他社商品と比べて優れている。決して誤認じゃない。正しい認識だ。

和沙はそうまくし立てたが、江見は眉ひとつ動かさなかった。そして自社の研究陣が取ったデータでは、PRのコピーを謳《うた》うには足りないことを指摘した。そのうえで同様のPRを行った結果、監督官庁から指導を受けた他社の事例をいくつも出してきて、こちらの反論を封じた。

ただそれだけだったら、江見は「細かくて嫌な奴」で終わっていた。けれど、彼は違った。

ただ他人の仕事にケチを付けるだけではない。過去の事例や最近の行政動向から、問題の起こらない新しい表現方法を提案してきたのだ。それ自体は荒削りなものだったから、和沙が磨いた。そうしてできあがったPR企画は、ビジネス誌が選ぶ年間優秀PR賞に輝いた。

年の瀬も押し詰まった頃、ささやかな祝勝会が開催された。顧客企業、広告代理店、そして和沙のPR会社の関係者が集まって、祝杯を挙げたのだ。商品の売れ行きも順調で、参加者の誰もが笑顔だった。「細かくて嫌な奴」である江見もだ。一次会、二次会と人が流れ、いつの間にか和沙と江見が二人きりになっていた。どちらが言いだしたというわけではない。まるで観光バスが定められたコースを廻るように、二人でラブホテルに入った。

「家庭を崩壊させるつもりはないよ」

行為の後、江見は言った。

お互い結婚していることは、もともと知っていた。今夜のことは、火遊びに過ぎない。江見はそう宣言したのだ。会社では法務を担当しているくせに。

しかし、火遊びなのは和沙も同様だった。徹と別れて、そして江見にも離婚させて一緒になろうとは思わない。

「うん」和沙は男の言い分をあっさりと認めた。「でも、ときどきは会ってくれる?」

結婚生活は徹と。夜の生活は江見と。そんな役割分担が最適だと思った。江見は和沙の結婚生活がどのようなものなのか知らない。それでも察しがついたのだろうか。「オーケー」と言う代わりに、和沙の身体にのしかかってきた。ひと晩に二回だなんて、何年ぶりだろう。与えられる快感に身を任せながら、和沙は自分の判断が間違っていないことを確信した。あんなことを言いだすなんて、想像もしていなかったから。

「これでよし」

江見はビデオカメラのセッティングを終えると、和沙を抱きしめた。唇を合わせてくる。

「ん……」

和沙の方から舌を入れた。絡み合う。

金曜日の夜。夫の徹は、鈴鹿に向かって出発している。最近は、無事に到着したというメールも来なくなった。江見と会うには、この上ないタイミングだ。江見も上手に業務を調整してくれた。おかげで宵の口からラブホテルだ。

江見の手がブラウスのボタンを外す。できた隙間から手を突っ込み、胸をまさぐってきた。ブラジャーの上からだ。唇を合わせたまま和沙はジャケットとブラウスを脱いだ。自分の背中に手を回し、ブラジャーのホックを外す。自由になった乳房に、熱い掌が被せられた。あっという間に乳首が硬くなる。

「あ……」

唇を離して、声を上げる。和沙の唇を離れた江見の唇は、今度は乳首に当てられた。

「あんっ！」

和沙は立ったまま胸への愛撫を受けていた。抱きしめるように、江見の頭を抱える。だから江見がどのような動きをしているのか、観ることはできない。それでもわざと口中に唾液を溜め、たっぷりと乳首に塗りつけるようにするのがわかった。

「うあっ！」

ずるりとした舌の動きに、和沙の身体は弾んだ。江見の口が、隣の乳房に移る。唾液でたっぷりと濡れた乳首を、今度は指先が捉える。つまんで転がされる。ぞくぞくとした快感が、全身に鳥肌を立てた。

不意に腰に解放感が訪れた。江見がスカートのホックを外し、ファスナーを下ろしたのだ。スカートが落ちて、ぱさりと音を立てた。ショーツに指がかかる。

「あ……ダメ……」

口ではそう言ったけれど、和沙は抵抗しなかった。江見の手は、慣れた仕草で足首まで下ろした。片脚を上げて、ショーツを足首から外す。和沙の最も敏感な部分が、空気にさらされた。

かがみ込んで和沙の下着を下ろした江見は、立ち上がらなかった。膝立ちになって両手を和沙の腰に当てる。それだけで、彼が何をしようとしているのか、すぐにわかった。期待で身体の芯が熱くなる。江見は和沙の予想どおりの動きをした。和沙の股間にキスしたのだ。

「ひゃうっ！」

また江見の頭をつかんだ。先ほどの抱きしめるような動きではない。両手でわしづかみにした。力を込める。けれど江見は頭の位置を一センチも動かさなかった。舌が伸びてきて、裂け目をなぞるように動いた。

「あっ！　ダメっ！」

じゅん、と音がするような感覚と共に、和沙の内部が液体を分泌していた。ぬめりは裂け目に到達し、雫《しずく》を垂らしそうな勢いだ。その雫を、江見が舐め取った。舐め取る動きがまた、新たなうるみを生んでいく。わずかな時間で、和沙の股間は男を受け入れる態勢ができていた。

「ねえ……」

おねだりする口調。江見は舌の動きを続けたまま、視線だけ上に上げる。その目を見つめる目にもまた、催促する色が浮かんでいることだろう。

江見は立ち上がり、優しい動作で和沙をベッドに寝かせた。自分はスーツを着たままだ。

服を脱ぐ間に熱が冷めてしまうのを恐れるように、手早くズボンのベルトを外す。前を開いた。トランクスをずらして股間のものを取り出す。痩せた腹の下には、すでにそそり立ったものが正面を向いていた。手早くコンドームを装着する。自らもベッドに上がり、和沙の両脚を抱えた。一気に突き入れる。

「ああーっ！」

和沙が高い声を放った。ここはラブホテルだ。どれだけ大声を出しても、誰の迷惑にもならない。江見がゆっくりと動き始めた。

「あっ！　あうっ！　ああっ！」

江見の動きに合わせて、和沙は声を上げた。普段いい奥さんを演じている反動なのだろうか。和沙は男に貫かれて声を上げる自分に酔っている。自分が発した声が耳に入って、さらに快感の高みに誘ってくれる気がした。

江見が和沙の身体を横向きにした。右脇腹を下にする。和沙の好きな体位だ。両腕で和沙の左脚を抱えて、思いきり突いてきた。

「くううっ！」

横を向いた目が、ビデオカメラを捉える。いつもどおり、こちらに向けられた液晶モニターに、和沙の姿が映っている。夫以外の男性に股を開いて、夫以外のものを受け入れている姿が。核兵器と表現した映像が、静かに記録されていく。

――あれ？

快感に沸騰しそうな脳に、何かが走り抜けた。妙な違和感。けれどそれを捕まえるには、与えられる快感が強すぎた。和沙は追うのを諦《あきら》めた。今は没頭するしかない。

江見の動きが速くなった。単純な動きがいい。大きく開いた股間に、江見の下腹が打ちつけられる。和沙は頭頂部に内側から穴が空くような感覚を味わっていた。

「ああっ！　もうっ！　もうっ！」

和沙が叫び、江見が答えた。

「おうっ！　いくよっ！」

「きてっ！　きてえっ！」

江見の動きがさらに激しさを増した。和沙の脳がいったん収縮し、頭蓋骨に空いた穴から脳髄《のうずい》が噴き出した。

「くうううううっ！」

「おうっ！」

和沙が絶頂を迎えると同時に、江見が放っていた。射精の脈動が、コンドーム越しに感じられた。江見は射精する間、動かなかった。溜まっていたものをすべて吐き出すと、和沙の上に崩れ落ちた。上半身は服を着たままだ。ネクタイの先が和沙の素肌に触れて、少しくすぐったかった。

「ふうっ」

江見はゆっくりと挿入していたものを抜き取った。今さらながら、スーツを脱ぐ。床に落ちていた和沙の服も、ハンガーに掛けてくれた。そのままビデオカメラに向かい、停止ボタンを押した。ベッドに戻ってくる。和沙の隣に横たわり、キスしてくれた。

「気持ちよかった……」

和沙は小さな声で言った。言葉にすると、胸の奥に温かな満足感が広がっていく。やはり、女にはセックスが必要なのだ。少なくとも、自分には。それは結婚していようがいまいが変わらない。そして夫が抱いてくれないのなら、他を当たる。それは当然のことであり、正当な行為だと思えた。たとえ、浮気と呼ばれるものであっても。ビデオ映像が夫の目に触れて、瞬時に家庭が崩壊するリスクを抱えていようと。

和沙の脳に、また何かが触れた。先ほどと同じ違和感。今度は捕まえた。横向きになって江見に突かれているときと、今。共通点は何か。

答えはすぐに出た。ビデオカメラだ。横向きになったとき、視線の先にはビデオカメラがあった。ビデオカメラは、冷たいレンズで二人の痴態を記録していた。そして今は、カメラが記録した映像について思いを馳《は》せていた。脳を走り抜けた違和感は、和沙がビデオカメラを意識したときに生まれている。なぜ?

わからない。ビデオカメラは、江見と関係を持ち始めたごく初期から持ち込まれている。いってみれば、情事とビデオカメラはセットになっているのだ。今まで、何の疑いもなく受け入れてきたのに、どうして今日は違和感を抱くのだろう。

和沙は考えるのをやめた。思考を邪魔するものがあったからだ。江見の指先が、和沙の乳房をいじっていた。じゃれつくような動き。

和沙は江見の顔を見た。悪戯《いたずら》っぽい笑みが浮かんでいる。キスした。

指先が乳首をつまんで転がした。それだけで、熾火《おきび》のような快感の芽は、あっという間に大きくなった。お返しとばかりに、江見の股間を握る。放ったばかりだから、こちらはすぐには大きくならない。女と違って、男は次弾を装塡《そうてん》するのに時間がかかるのだ。

それでもしばらくいじっていたら、硬さを取り戻した。痩せた身体に似合わない回復力。その頃には、散々乳房を愛撫された和沙の身体は、抑えが利かなくなっていた。枕元のコンドームを取る。封を切って、江見のものに装着した。

考えてみれば、男のものにコンドームを付けてあげるなど、今までなかった気がする。独身時代につき合っていた男たちにも、徹にも。経験を積んだ二十九歳という年齢がそうさせるのか。それとも自分が、夫以外の男に身体を預けるふしだらな女だという自覚があるからなのか。どちらでもよかった。今この瞬間、自分はそうしたいのだから。

「ねえ……」

熱い息を漏らしながら、江見を握った。わかっているとばかりに、江見が和沙の脚を割った。両膝をつかんで、大きく開かせる。いきなり深く突き入れてきた。

「ああっ！」

背骨が脳を突いたような衝撃が走った。一度放っているから、江見は簡単には果てない。女の部分を楽しむように、悠然と動き出した。両足首をつかんで、さらに大きく開かせる。完全に無防備になった場所に、江見はさらに自分自身を打ち込んだ。

「ひいいいいっ！」

和沙は身も世もない悲鳴を上げた。大開脚のポーズでは、股間を締めつけられない。ただ、男に突かれるままになるしかない。なすすべのない状況が、さらに快感を加速させた。

「あっ！　あっ！　ああっ！　あああっ！」

たまらず、和沙は達していた。全身が硬直して、やがて弛緩《しかん》した。江見はまだ放っていない。和沙が絶頂の波を越えるまで、動きを止めていた。そして和沙の昂《たか》ぶりが少し落ち着いたところで、両脚を放した。和沙をベッドの上で四つんばいにさせる。自らは背後に回り、後ろから突いてきた。

「あんっ」

小さく声を上げる。絶頂を迎えた身体は敏感に反応するけれど、先ほどまでの盛り上がりはない。

実は、和沙は後背位では感じにくいのだ。自分の内部構造と、江見の形の関係でたまたまそうなっているのか、背後から突かれても、刺激してほしい場所を外されている気がする。

それにバックから突かれるときは、見えているのはベッドか正面の壁だ。男の姿が見えないから、つながっているというのに、淋しささえ感じてしまう。だから和沙が後背位を受け入れるのは、男へのサービスに他ならない。

けれど江見にとっては、好みの体位らしい。

「背中からお尻にかけてのラインが綺麗だ」

以前、そんなことを言っていた。接合部も見えやすいし、覆い被されば、乳房を強く握りながら動くことができる。男が女の身体を楽しむには、適した体位なのだろう。

だから、ときどきは彼の望みを叶《かな》えてあげる。浮気とはいえ双方向の情事なのだから、相手の要望も受け入れなければ。

――そうか。

少し冷静になって、違和感の正体に思い当たった。

浮気現場の映像。

これだ。確かに、すさまじい破壊力がある。だからこそ双方が持っていて、相手方が使うのを防ぐ。考え方としては、やや極端ではあるものの、間違っていない。

でも、それならば、撮影するのは最初の一回だけでいいのではないだろうか。

必要なのは、江見と自分がセックスをしている映像だ。確かに複数の映像があったら、浮気を繰り返している証拠になるだろう。けれどそれは、実際のセックスシーンに比べると、かなりインパクトが弱い。蛇足といってもいいくらいだ。逆にいえば、強力な武器は、ひとつだけでいいのだ。それなのに自分たちは、まさしく冷戦時の米ソのように、大量の核兵器を保有している。一発だけで、用は足りるのに。

江見は、そのことがわかっているのだろうか。自分の思いつきに酔って、ムダなことをしていることに気づいていないのか。

——いや、違う。

背後から突かれながら、和沙は否定した。和沙は江見の仕事ぶりを間近で見ている。正確で緻密《ちみつ》な手際は、感嘆のため息が漏れるほどだった。そんな彼が、たとえ自分の発想とはいえ、欠点に気づかないはずがなかった。だったら、なぜ？

尻を叩かれる感覚に、思考が破られた。首をねじ曲げて後ろを見ると、江見が動きを止めていた。

「仰向けになって」

江見が言い、和沙は言われたとおりにした。あらためて、江見が自らのものを挿入する。

「ああっ！」

途端に、ぞくぞくとした快感が背骨を走り抜けた。これだ。これが、セックスの悦びだ。

和沙は考えるのをやめて、ひたすら与えられる快感に没頭した。

江見の動きには、遠慮がなかった。一度和沙を絶頂に導き、背後からも長い時間楽しんだ。そろそろ放つつもりなのだろう。女を喜ばせるのではなく、自分が快感を得るための動き。とはいえこれほどの動きに和沙の女が反応しないわけがない。強烈な快感に、和沙は両脚を突っ張った。

「くうっ！　くうっ！」

「もうっ！　いくよっ！」

「いいっ！　きてっ！」

「おおうっ！」

江見が和沙の中に放った。二回目だから、それほど量は感じられない。それでも射精の脈動は、そのまま痙攣《けいれん》のように和沙の内部を震わせた。

江見が倒れ込んできた。行為を終えた今なら、背中に爪を立てたりしない。細い身体を抱きしめた。

――そのとき。

和沙の頭にいくつもの閃光《せんこう》が明滅した。

江見の身体を抱いた瞬間、和沙はひとつの仮説を完成させていた。

帰宅すると、すぐにパソコンに向かった。

電源を入れる。起動が完了するまでの間に、自分が使っている戸棚の引き出しを開けた。中には、化粧品が入っている。いくら目の前にあっても、徹の目には入らないもの。化粧品の瓶の間にちょこんと挟まっている、小さなポーチを取り出す。ポーチを開けると、中にはUSBメモリが入っていた。

USBメモリは三本あった。今日の映像を記録したものと合わせて、四本。和沙の不貞の証拠だ。映像ファイルは、どうしてもサイズが大きくなる。今までの情事をすべてひとつのUSBメモリに保存することはできない。

和沙は四本全部を持って、パソコンに戻った。最初の一本をパソコンに接続する。不安に押し潰《つぶ》されそうな気分で、映像を再生した。

浮気現場の映像はひとつでいいのに、なぜ江見は毎回撮影するのか。ラブホテルで抱いた疑念だ。疑念を抱くこと自体は、間違っていないと思う。他のバカな男ならばともかく、江見がやったことなのだ。必ず、何らかの意味がある。疑念を抱きながら、そのことは疑っていなかった。

江見と別れて電車に乗ってからも、和沙は考え続けた。浮気現場の映像を核兵器にたとえたのは、自分だ。お互いが持っていることによって、相手が使用するのを防ぐ。冷戦時に流行った、相互確証破壊という考え方だ。

考え方は正しい。ただし、自分たちがやっているのはただの浮気だ。世界を滅ぼす戦争をしているわけではない。生死がかかった状況であれば、武器は本当に所有している必要があるだろう。けれど、ただの浮気だったら？　本当に持っている必要はあるのか。

ない。それが和沙の結論だった。ないどころか、むしろ邪魔ものだ。何しろ、見つかれば家庭崩壊必至の破壊兵器なのだ。元々自分の家庭を壊したくないから二人で持っているのだから、自分が所有している映像が家族の目に触れることは、絶対に避けなければならない。そのリスクをゼロにするには、どうすればいいのか。簡単だ。映像を処分してしまえばいい。実際に持っている必要はないのだ。自分も持っていると、和沙にアピールできれば、それで済む。ひょっとして、江見は映像を和沙のUSBメモリにコピーすると、オリジナルのデータは消去しているのではないだろうか。江見の立場からすれば、それが最も低リスクで浮気を続ける最善の方法だ。

そこまではわかった。それでも、映像は最初の一回で事足りるのに毎回録画していることの説明はついていない。

しかし和沙は考えることをやめなかった。これでも毎日知恵を絞って企画を立案する仕事をしている。考えることは苦手ではない。そうしたら、突破口は見つかった。

映像を和沙に渡し、自らは所有しない。それが江見の行動であれば、シンプルに解釈していいのではないか。つまり江見の目的は、自分と和沙の情事の記録を、和沙に持たせることなのだと。なぜそんなことをするのか。それは思考ではわからない。和沙を正解に導いたのは、江見の身体を抱いた感触だった。

パソコンのモニターには、和沙と江見が乳繰り合っている姿が映っている。二人とも全裸だ。和沙は二人の——正確には江見の——姿を目に焼きつけてから、再生を止めた。そして次の映像を再生する。そんなふうにして、和沙は情事の記録を追い続けた。

再生は続いていく。一本目のUSBメモリが終わり、二本目に移る。三本目、四本目と続き、今夜の映像が目の前にあった。数時間前の自分が、股を開いて恍惚《こうこつ》の表情を浮かべている。けれど和沙の関心は、江見にあった。全裸の江見が、和沙の脚を抱えて腰を動かしている。その姿を凝視した。

――やっぱり。

和沙は再生を止めた。目を閉じて天を仰ぐ。

江見の身体を抱くことによって、ひらめいた仮説。たった今の検証で、間違っていないことが証明された。江見に抱かれた最初の頃から、今夜までの様子を追うことによって。

江見の身体が、どんどん痩せていっているのだ。

頻繁に会っていたから、気づかなかった。けれど、アルバムをめくるように再生することによって認識することができた。ダイエットという言葉では言い表せない、急激な痩せ方。江見は、病気にかかっているのではないだろうか。それも、重病に。抱きしめたときの感覚が、軽すぎたのだ。かつての江見は、そんなことはなかった。そのギャップが、和沙を真相に導いた。

病気で痩せるといえば、すぐに癌《がん》を思いつく。江見は、癌に冒されているのか。

いや、そんなことはあり得ない。

感情が懸命に否定する。重病にかかった人間が、元気にセックスなんてできるものか。それも、一日二回も。

いや。理性が感情を否定する。癌が発生した部位にもよるだろうし、治療の内容にもよるだろうけれど、日常生活を送りながら癌治療は可能だ。日常生活を送れるのなら、セックスも可能だろう。

和沙は目を閉じたまま動かなかった。

江見は、自分の病気を知っていた。重病なのだと。もう治らないのだと。あれほどの男でも、死への恐怖には抗《あらが》えなかった。自分が生きていた証《あかし》を残したかった。妻帯者ならば、子供を考える。生物が自分の存在を残したいのなら、子孫を残すのがいちばんだ。しかし江見は、そうしなかった。浮気に走る家庭環境がそうさせなかったのかもしれないし、子供を作るだけで死んでしまったら、残された奥さんの生活が大変になると考えたのかもしれない。

そこで彼が執《と》った手段は、性交の記録を残すことだった。本来子孫を残すための行為である性交。その映像を残すことによって、自分が生きた証としたかったのではないか。

ただし、その相手は奥さんではない。すでに、そのような関係ではないのだろう。そこで選ばれたのが、自分だ。ちょっとした弾みで関係を持ってしまった、取引先の社員。向こうも既婚者だと知って、言葉巧みに映像を所有することに同意させた。後は、ひたすら情事を繰り返すだけでいい。相手は、自分の裏切りを恐れて、自分が生きていた証を武器として後生大事に持っていてくれるだろう。

――バカ。

和沙の目から涙がこぼれた。

そんな策を弄《ろう》さなくたって、憶えていてあげるのに。恋人のように愛していなくたって、決して他人《ひと》前に出せなくたって、あなたのことを忘れないのに。

和沙は服の袖で涙をぬぐった。再生を止め、USBメモリをパソコンから取り外す。四本全部を持って、立ち上がった。徹がオートバイの整備に使っている、ガレージに向かう。

徹はオートバイで鈴鹿に向かったから、ガレージはがらんとしている。その方が好都合だ。和沙は工具箱を物色して、手頃な大きさのスパナを取り出した。USBメモリを床に並べる。そして、順番にスパナで叩き壊していった。粉微塵《こなみじん》になるまで、何度も殴りつけた。四本のUSBメモリを完全に破壊するまで、和沙は殴るのをやめなかった。

相互確証破壊。

そんなものは、もういらない。

＊

「あの、さあ」

徹が小さな声で言った。食卓のウィンナーシュニッツェルを眺めていた和沙が顔を上げる。

「なに?」

「今度の土曜日なんだけど」

徹は箸の動きを止めて、続けた。「富士に行っていい?」

徹の言う富士とは、静岡県にあるサーキット、富士スピードウェイのことだ。また、オートバイレースが開催されるのだろう。

「いいよ」

和沙は素っ気なく答えた。「今週、取引先の人が亡くなってね。土曜日が告別式だから、行かないと。だから、あなたも好きにしていいよ」

徹がホッとした表情を見せた。「ごめん」

普段ならば、これで会話は終わる。けれど和沙は、言葉を続けた。

「今回は、いいよ」

徹が顔を上げる。「——えっ?」

「子供ができたら、バイクどころじゃないでしょ? だから、それまでは好きにさせてあげる」

徹が目を見開いた。きょとんとした顔。「子供?」

「あら、変？」和沙は大げさに驚いてみせた。「夫婦なんだから、当然でしょ？」

江見は、自分が生きた証を浮気相手に求めた。自分は違う。病気にもかかっていないし、子作りする元気のある夫もいる。

「えっ……ああ、そうだね」

戸惑いながら、徹が肯定する。そんな夫に、和沙は完璧な笑顔を見せた。

「だから、今晩はエッチしてね」

三百メートル先から

兄は、なぜ殺されてしまったのだろうか。

しかも、あんな方法で。

＊

インターホンを押した。

やや間があって、『はい』という声がスピーカーから流れる。

「来たよ」

それだけ言うと、『ちょっと待って』という返事。ドアの鍵が解錠される音が響き、晴仁《はるひと》が顔を出した。「入って」

由眞《ゆま》はわずかに開けられたドアの隙間から、身体を滑り込ませた。ドアは閉められ、また施錠された。

「ごめんね。遅くなっちゃって」

スーパーマーケットのレジ袋をテーブルに置いて、由眞は言った。大学の講義が終わって、それからアルバイトをこなしていたら、どうしても時間がかかってしまう。そんなわけで、今日も午後八時半から夕食の準備だ。

晴仁は薄く笑う。

「大丈夫だよ。こっちは時間が有り余ってるんだから」

見え見えの嘘を言った。晴仁の職場は、決して残業の少ない部署ではないと聞いている。今日は由眞が来る日だから、なんとか折り合いをつけて帰ってきたのだろう。それでもスーツを脱いでジャージに着替えるだけの余裕はあったようだ。

「じゃあ、ちゃちゃっと作っちゃうね」

冷蔵庫の脇にかけてあるエプロンを取った。時間がないから、手早く作れるものにするつもりで買い物してきた。レジ袋から卵と生クリーム、そしてベーコンを取り出す。パスタは備蓄があったはずだ。大きめの鍋にお湯を沸かして、パスタを茹《ゆ》でる。ふた口あるコンロのもうひとつでは、ベーコンを炒《いた》めた。今日は、スパゲティ・カルボナーラだ。

「お待たせ」

我ながら手際のよい作業で、二人分の夕食を作り上げた。もっとも、サラダはズルをして買ってきたものだ。まあ、晴仁は野菜にそれほど関心がないから、ドレッシングさえかけておけば文句は言われないだろう。

　晴仁が住んでいるのは、ワンルームマンションだ。狭苦しい感じはしないけれど、ベッドやダイニングテーブルといった必要な家具を置いたら、もう空きスペースはない。決して大きくないダイニングテーブルを、二人で囲んだ。一応客である由眞が上座、つまり窓を背にした奥の席に座った。

　缶ビールを開けて、簡単な夕食が始まった。二人とも酒に強くないから、ひと缶を分け合うくらいでちょうどよい。

「落ち着いた？」

　食べながら、晴仁が訊《き》いてきた。上目遣いでこちらを見る。由眞はパスタに視線を落としたまま答えた。

「だいぶんね」

　そして顔を上げる。

「そっちこそ、どうなの？」

　晴仁は弱々しく微笑んだ。「まだまだ、かな」

「わかるよ」フォークを使う手を止めた。「わたしだって怖い。いくらお兄ちゃんのことが、わたしたちに関係ないとわかっていてもね」

そう。自分が来るとわかっているのに、わざわざインターホンで確認する。ドアは必要最小限だけ開いて、すぐに閉める。カーテンも、外から覗かれないように、遮光度の高いものに替えた。以前の晴仁は、そんな用心深い性格ではなかった。兄の事件が、彼を変えてしまったのだ。

「お父さんとお母さんは?」

晴仁が食事を再開しながら言った。由眞は曖昧《あいまい》に首を振る。

「変わりないよ。というのは、抜け殻のままってこと。お兄ちゃんのことを、心の中でどう処理したらいいか、わからないんだよ。ほら、同じ家に住んでいながら、お父さんたちとお兄ちゃんは、とっくに断絶してたからね」

「断絶、か……」

晴仁はビールを飲んだ。「まあ、仕方ないだろうな。跡取り息子が、いきなり引きこもりになってしまったんだから。そうなる前だって、倫典《みちのり》は自分たちが到底理解できないような、難しい研究をやっていたんだ。親としては、右往左往するしかない」

傍《はた》から聞いただけでは、無責任な論評に聞こえる。しかし晴仁は、両親とも兄とも、長年の交流がある。どちらもよく知っているからこそそのコメントだ。双方に感情移入しているのが、声の響きでわかる。

「事件が解決しないのも、当然だよ」

食事がまずくなる話題とわかっているのに止められない。

「警察に訊かれたよ。息子さんに、他人に恨まれるようなトラブルがありましたかって。でも、お父さんもお母さんも答えられない。だって、息子のことを知らないんだから。もちろん、わたしもね。お兄ちゃんが突然大学院の研究を投げ出して部屋に引きこもって以来、ほとんど話をしなかったわけだし。警察から見たら、なんて非協力的な家族だと思ったでしょうね」

「そんなこと、ないと思うよ」

晴仁が遮《さえぎ》った。「どこの家庭でも、親子はそんなもんじゃないかな。俺だって、いきなり『親父がトラブルを抱えていなかったか』って訊かれても、答えようがない」

なぐさめというか、フォローする発言だった。それはとりもなおさず、親友だった晴仁自身も、兄について何も知らないことをアピールしていた。

短い、簡単な夕食が終わった。今度は晴仁がキッチンに向かい、食器と調理器具を洗った。いくら晴仁が普段自炊しているからといっても、さすがに料理は由眞の方がうまい。だから由眞が来たときには、彼は後片づけ担当に徹している。

由眞はテーブルから、晴仁の後ろ姿をぼんやりと見つめていた。その広い背中に引き寄せられるように、立ち上がって歩きだす。背後から、そっと抱きついた。

「おいおい。食器が割れるぞ」

ややおどけた声で晴仁が言った。由眞は答えず、抱きついた腕に力を込めた。胸を押しつける。それでも晴仁は食器を洗う手を止めない。鍋とフライパンもきっちり洗って、洗いかごに置いた。タオルで丁寧に手を拭く。そしてようやく、身体をこちらに向けた。キスする。

「んっ……」

喉の奥から声が漏れた。お互いの唇を唇ではさみ合う、じゃれ合いのようなキスが続いた。かと思ったら、突然舌先が由眞の歯茎を舐《な》めてきた。歯と歯の間を開けて、舌を受け入れる。絡めた。それだけで、下半身が熱を帯びてくるのがわかる。

晴仁が由眞の頭を両手で抱えた。まるで行為そのもののように、舌を出し入れする。舌をあらゆる角度で挿入し、由眞の口を刺激した。

「んんっ！」

頬の粘膜が擦《こす》れる感覚に、由眞はうめいた。刺激されているのは口の中なのに、全身の皮膚感覚が鋭敏になっていく。晴仁もそれはよくわかっているようで、手を頭から離した。二の腕をそっと撫でた。それだけで身体が反応してしまう。

晴仁の手が、二の腕から胸に移動した。由眞が着ているのは、黒地にピンクのドットが入ったポロシャツだ。胸の形は目立たないし、生地も厚い。だから触ってもそんなに嬉しくはないだろうに、晴仁は繰り返しポロシャツの上から乳房をまさぐった。中途半端な刺激。もっと直接的な刺激が欲しい。けれど由眞は、口に出しておねだりしなかった。両手を背後に回してブラジャーのホックを外すことで、男を次の行為に促した。

兄の倫典が小学校に入学して、最初に仲良くなったのが、晴仁だった。しょっちゅう家に遊びに来るようになり、自然と由眞も一緒にいる時間が長くなった。もう一人の兄のように慕う感情が、心と身体の成長と共に恋愛感情へと変わるのは、むしろ当然だったのかもしれない。そして高校の入学式の日に、はじめて彼に抱かれた。

今までに数え切れないほど、晴仁とベッドを共にした。それでも今、幼い頃から「ハル兄ちゃん」と呼んでいた相手に対して、性的な愛撫を要求している自分が不思議だった。受け身になるだけではなく、快楽を求めて積極的に身体を開いている自分が。

いや。理由はわかっている。怖いからだ。

家族が殺人事件の被害者になるなんて、考えもしていなかった。当たり前だ。兄は犯罪組織に関わっていたわけではない。それどころか、部屋に引きこもって、外界との接触を断っていたのだ。だから他人から恨みを買う可能性は、一般の人たちよりもむしろ低いだろう。それなのに兄は殺されてしまった。あんな方法で。事件の真相がわからないことが、これほど恐怖を感じさせるとは、思ってもみなかった。

怖いからこそ、男に頼りたくなる。由眞には、その対象がいた。晴仁だ。彼の傍《そば》で体温を感じていると、安心できる。体温を感じるということは、触れ合うということだ。すでに身体の関係がある男女が触れ合えば、最後までいってしまうなんて、わかりきっている。だから求めた。晴仁の指先を。唇を。舌を。そして屹立《きつりつ》するものを。

晴仁が、ブラジャーもろともポロシャツをたくし上げた。乳房が外気に晒《さら》される。しかしわずかな時間だった。乳房は、大きな手によって包まれてしまったからだ。唯一残った乳首も、指の間に挟まれた。

「あん……」

弱い力にも、声が出てしまう。その口がまたふさがれた。キスを繰り返しながら、両方の乳房をこね回す。ぞくぞくとした快感が、背骨から全身に広がっていった。由眞は目を閉じて、快感に満たされていく感覚を味わった。

唇が離れた。目を開ける。そのときにはもう晴仁の頭は下がっていて、右の乳首を唇に含んでいた。吸われる。

「あっ……！」

今度は乳首から背骨に向けて、快感が走っていった。指先によって硬くさせられていた乳首が、舌の刺激によってさらに硬度を増す。しかし晴仁の舌は、乳首だけを攻めなかった。乳房全体を這《は》っていく。大きくはないけれど形はいいと評される由眞の乳房は、男の舌によって醜《みにく》く形を変えられた。その間も左の乳房は、絶え間なく指先によって刺激を与えられている。

快感が脚にきた。立っているのが辛くなる。シンクの端に手をかけて、体重を支えた。シンクと由眞の間に、晴仁が挟まれる形になった。

晴仁の頭の位置が、さらに下がった。由眞のジーンズに手をかける。慣れた手つきでベルトを外した。何をされるかがわかって、思わず声を出していた。

「あ、ダメ……」

しかし晴仁は聞こえなかったかのように、ジーンズをショーツごと引き下げた。晴仁の目の前に、女の最も大切な部分が晒された。

「ダメだってば。まだ、シャワー浴びてない」

腰を引いて逃げようとするが、晴仁の手がしっかり尻を固定しているから、逃げられない。

「後でいいだろ。だって、ここは——」

晴仁の指先が裂け目を撫でた。感電したような快感が走り抜ける。

「一回やらないと、収まりがつかなくなってるよ」

晴仁の言うとおりだった。執拗《しつよう》なキスと乳房への愛撫によって、由眞の股間は触れられもしていないのに、もう潤んでいた。大学とアルバイトでかいた汗の臭いそのままに、晴仁は顔を股間に埋めた。鼻先が裂け目の最上部に当たる。

「きゃうっ！」

シンクをつかむ手に力を込めた。そうしないと、へたり込んでしまうからだ。晴仁は由眞を立たせたまま、股間に舌を這わせた。

「あっ！　あああっ！」

舌の動きに合わせて声が出てしまう。晴仁は舌と指先を巧みに使って、由眞から快感を引き出していった。股間はもう、垂れるほどの愛液を滲《にじ》ませている。

「もう……ダメ……」

由眞は切れ切れに言った。立ったまま愛撫を受けることは今までもあった。けれど、最近特に多くなった気がする。時間も長い。セックスにも、マイブームがあるのだろうか。

晴仁は由眞に脚を上げさせ、ジーンズとショーツを足から抜いた。自らもジャージのズボンとボクサーパンツを下げる。そして由眞の左脚を抱え上げ、立ったまま下から突き入れた。ぬめりを持った由眞の女性は、晴仁の男性を簡単に受け入れた。

「くううっ！」

たまらず晴仁にしがみつく。晴仁は由眞の体重を支えたまま、腰の突き上げを繰り返した。

「くうっ！　くうっ！」

立ったままだと、動きが極端に制限される。単調な上下運動だけになるし、力加減も制御しにくい。だから得られる快感はベッドの上に比べて少ないはずなのだけれど、代わりに奥まで届いているという実感があった。子宮を直接刺激されるような快感に、由眞は夢中になった。

「あっ！　ああっ！　いいっ！」

「うっ、こっちもいいっ。もうイキそうだ。イッていい？」

「うんっ！　いいよっ！　今日はっ、中でっ、いい日だからっ！」

激しいキスを交わした。晴仁の動きがさらに激しくなり、一気に放った。同時に由眞も達していた。痙攣《けいれん》したように全身が震え、一気に脱力した。全身を晴仁に預ける。放ったばかりだというのに、晴仁は力強く支えてくれた。

交代でシャワーを浴びて、ベッドに寝そべった。シングルベッドに大人二人だから狭苦しいけれど、仕方がない。落ちる心配がないよう、晴仁は壁側に寝かせてくれた。サイドテーブルには、ペットボトルの緑茶と大振りの腕時計。腕時計は兄のものだ。晴仁が形見として譲り受けた品が、音もなく時を刻んでいる。

もうすぐ午後十一時になる。由眞が晴仁とつき合っていることは、両親もよくわかっている。身元もはっきりしているし、兄と違って、きちんとした職業にも就いている。娘の交際相手としては、文句の付けようがない。こっちだって、もう大学生だ。成人式も済ませているのだから、彼氏の家に入り浸って悪いはずがない。というわけで、今日も泊まっていこう。

身体を起こして、ペットボトルを取る。蓋を開けて、ひと口飲んだ。晴仁に手渡し、彼も緑茶を飲む。

「ねえ」

由眞は晴仁に話しかけた。Tシャツにショーツという簡単な恰好だけれど、この季節は布団がなくても寒さは感じない。

「何？」

何の話題かはわかっているけれど、あえて訊こう——そんな口調だった。由眞はひとつうなずく。「お兄ちゃんのこと」

「倫典の？」

晴仁が繰り返した。ペットボトルをサイドテーブルに戻す。「あいつがどうした？」

「どうして、あんな殺され方をしたんだろう」

晴仁が大きなため息をついた。「狙撃《そげき》、か……」

殺され方を音声にした。狙撃。現代日本の日常生活では、まず耳にしない言葉だ。兄が殺害された事件は、新聞の社会面に報じられた。窓越しに銃撃されて、弾丸が兄に命中したという記事。それだけ読めば、暴力団員か過激派が、道路から民家に発砲して逃げた――そんなふうに受け取れる。けれど、実際はそんな生やさしいものではなかった。

「三百メートルだよ」

小さな、けれど強い口調で言った。

「三百メートル先のビルから、ライフル銃で狙撃。しかも、夜のカーテン越しに。映画やマンガじゃあるまいし」

由眞はでたらめを言っているわけではない。兄の倒れていた位置、銃弾を受けた箇所、窓の弾痕《だんこん》などから計算すると、銃弾は三百メートル先にあるビルの屋上から撃たれたものとしか考えられないのだ。日本警察の科学捜査で断定されたのだから、これはもう確実といっていいだろう。兄は、まるでケネディ大統領のように暗殺されたのだ。

「カーテン越しってのは、あり得ない話じゃない」

晴仁はそう答えた。

「夜は、室内が明るくて、外が暗い。カーテンを閉めていたって、照明とカーテンの間に入れば、人の姿は影絵のように映る。狙うことはできるだろう。理屈の上では」

「そう。理屈の上ではね」由眞は繰り返す。「お兄ちゃんだって、じっと立ちっぱなしということはない。定位置であるパソコンデスクと椅子は、窓からは死角になる。犯人はじっと待っていて、お兄ちゃんが立ち上がって姿を見せる一瞬を狙ったのよ。しかも、三百メートルも先から」

「それだけの技能が、犯人にあったということだろう」

晴仁の答えはシンプルだった。

「いくら銃を扱う仕事だったとしても、普通の警官やヤクザじゃ無理だ。警察ならSATみたいな特殊部隊、あるいは自衛隊かどこかの軍隊で専門的な訓練を受けないと、できる芸当じゃない」

由眞は身を起こしたまま、寝そべっている晴仁を睨みつけた。

「だから、そんな特殊な人間に、どうしてお兄ちゃんが恨まれるの？　ただの大学院生だよ。それも国家機密から最も縁遠そうな、獣医学部の院生。しかも研究を放棄した落伍者。そんなお兄ちゃんが、凄腕《すごうで》のスナイパーと、どう関わってたっていうのよ」

「別に、スナイパー本人と関わりがある必要はない」

天井を見たまま、晴仁が言った。

「倫典を殺そうとした奴がいた。けど、あいつは部屋に引きこもっていて、外に出ない。だから狙撃するしかない。そう考えて、プロを雇ったとすれば、筋は通る」

由眞はため息をついた。この会話は、今夜がはじめてじゃない。兄が殺されて以来、幾度となく交わされたものだ。この次には「じゃあ、その殺そうとした奴は誰？」となり、そこから先に進まないというのが通例だった。しかし今夜は、少し違った。

「でも考えてみれば、狙撃は唯一の手段じゃないのよね」

晴仁が視線を天井から由眞に移した。「っていうと？」

「いくら引きこもりだって、家から一歩も出ないってことはあり得ないでしょ」

由眞はそう答えた。

「ずいぶん以前から、お兄ちゃんは家族と一緒にご飯を食べなくなってた。でも、だからといって、飲まず食わずでいられるはずがない。夜中にコンビニに行って、食料を調達してたのよ。狙撃するために監視しているのなら、お兄ちゃんが外出するのを待ちかまえて殺せばいいじゃない。遠くから狙撃なんてするより、そっちの方が、確実で簡単でしょ」

「ふむ」晴仁は寝ころんだまま、自らの顎《あご》をつまんだ。

「そう言われればそうだな。ライフルは大口径のものだった。だから多少急所を外しても、当たりさえすれば致命傷を与えられる。事実、倫典の頭は半分吹き飛んでいた。だから遠距離狙撃につきまとう不確実性を、犯人は克服したと考えていた。でも、由眞の言うとおり、もっと確実な方法はあるな」

「それでも、犯人はその方法を採らなくて、狙撃を選んだ。どうしてなのかな」

「遠距離からの攻撃だから、こちらの顔を見られないというメリットはある」

しかし由眞は首を振る。

「顔なら、眼鏡とマスクで隠せばいいじゃない。花粉症の季節なら、不自然な恰好じゃないし。メリットというほどのものじゃないと思うよ」

「犯人は肉体的に弱い人間で、いくら相手が引きこもりとはいえ、直接攻撃で殺す自信がなかったとか」

由眞はまた首を振った。

「大口径のライフルだって、ハル兄ちゃんも言ったじゃない。わたしも銃のことはよく知らないけど、大口径のライフルで正確に狙撃できる人は、体力的にかなり優れていると思うよ」

「さっきも言ったけど、スナイパーは雇われだったかもしれない」

「雇うにしても、そんな特殊技能を持った人間である必要はないでしょ。路上でお兄ちゃんに勝てる殺し屋なら、掃いて捨てるほどいるはず」

「それもそうか」晴仁が口をつぐみ、考え込んでいる顔になった。身を起こして、機械的にペットボトルの緑茶を飲んだ。しばらくそのまま動かなかったけれど、やがて魂が戻ったようにこちらを見た。

「そういえば、警察が変なことを言っていたって話だよね」

「変な？　──ああ、犯人は、別にお兄ちゃんを狙ったわけじゃないってやつ？」

「そう」晴仁は身を起こした。「倫典に狙われる理由がないのなら、犯人が倫典を殺す理由も、またない。あれは倫典を狙ったんじゃなくて、愉快犯的に無差別発砲したんじゃないか。それがたまたま倫典に当たった。いざ本当に死亡者が出てしまうと、犯人は怖くなってもう撃たなくなった。捜査に行き詰まった警察が、そんなことを言っていたそうだね」

「うん」

よく憶《おぼ》えている。現実逃避としか思えない発言に、由眞は愕然《がくぜん》としたものだった。

「仮説としては、成り立ちはする。犯人は警察が無差別殺人と判断することを期待して、あえて狙撃という手段を選んだと」

本人もまったく信じていない口調だった。同感だ。そんな回りくどいことを考える必然性なんて、まるでない。

しかし晴仁は、冗談で終わらせるつもりはないようだった。真剣な顔をして、由眞を見つめた。

「いくら説得力のない回答でも、逃げ道であることは確かだ」

「逃げ道？」

意味不明な発言だ。こちらが理解していない顔をしていたためか、彼は丁寧に説明してくれるつもりのようだった。

「殺害方法について考えることは、犯人の内面に触れようとすることだ。内面に触れてしまうと、その動機に思いを馳《は》せることになる。由眞は、それでいいのか？」

「いいのかって……」

正面から問われ、由眞は自信を持って肯定することができない。晴仁は力強く、けれど優しい口調で話を続けた。

「愉快犯かもしれない。犯人の一方的な逆恨みなのかもしれない。けれど、そうでなかったら？　犯人の動機に対して、一定の説得力を感じてしまったら、どうする？　犯人の動機は、すなわち倫典が殺される理由だ。盗人にも三分の理じゃないけど、動機に説得力を感じた時点で、おまえは兄貴の負の側面を見てしまうことになる。それで、いいのか？」

「負の、側面……」

親孝行で、妹にも優しかった兄。我が家は、どこにでもあるような、平凡でそれなりに幸せな家庭だった。兄が大学院を放棄して、部屋に引きこもってしまうまでは。だから兄の変貌は、間違いなく負の側面だ。しかし晴仁が言っているのは、もっとひどいことなのだ。狙撃という奇妙な殺し方を選んだ以上、犯人にも特別な事情があったのだろう。そして犯人は、そんな手法を採ってしまうほど追い詰められていたのだ。では、追い詰めたのは、誰だ？

晴仁は由眞の両肩をつかんだ。

「いいか。倫典の事件については、もう考えるな。考えると、あいつの闇の部分に触れてしまう。闇を認めたくないのなら、考えないことだ。考えなくたって、俺たちにはやるべきことがある」

「やるべき、こと……？」

由眞はオウム返しにつぶやいた。そんな大学生を、社会人が抱きしめた。

「生き続けるってことだ。こうやって一緒に、倫典の分も」

唇が重ねられた。

ベッドで、晴仁が由眞に覆《おお》い被《かぶ》さってきた。組み敷かれるというには、かなりソフトな動きで。

「由眞っ！」

恋人の名前を呼びながら、Tシャツの上に手を当てる。もちろんブラジャーなどつけていない。乳首は易々《やすやす》と立ち上がり、Tシャツの上に濃い陰影を作った。Tシャツごとつまれる。それだけで、先ほどの行為の熾火《おきび》が再び炎を上げた。

「あ……」

晴仁は指に力を入れなかった。Tシャツ越しに、人差し指と親指を、ゆっくりと動かした。転がすように。そうしている間にも、残る三本の指と掌《てのひら》は、乳房の形を変えていく。

またキスをする。唇を離したときには、Tシャツがたくし上げられていた。乳首を口に含まれる。舌先でつついてきた。指先とはまた違った粘膜の感触に、由眞は震えた。

まるで唾液を塗りたくるように、晴仁の舌が乳房を這い回る。舌が左の乳房から右の乳房に移動すると、今度は濡れきった乳首を指でつまむ。粘膜と指先。勃起したような乳首は、二種類の違った刺激に翻弄され続けた。

「あ……いい……」

舌が下乳をすくうように舐め、そのまま腋《わき》の下に到達した。

「いやっ！」

ぞくぞくとした快感が股間をしびれさせる。舌はそのまま降りていき、脇腹から腰骨を濡らした。そして足の付け根へ。

両脚が大きく開かれた。思わず両手で股間を隠す。

「ダメよ……」

何回抱かれていようと、直接見られるのは、やっぱり恥ずかしい。特に、今のように濡れていると。早く欲しいとひとりでに動いていると。

晴仁は返事をしなかった。両手で由眞の両手首をつかむと、簡単に股間から外した。しかし晴仁はじっくり見たりしなかった。いきなりかぶりついてきた。

「ひゃうっ！」

高い声が出た。先ほどの、立っているときよりも柔軟でしつこい動きが、由眞の股間で躍る。いけない。これでは、あっさりと達してしまう。

舐められながら、由眞は身を起こした。

「ねえ。今度は、わたしが」

それだけで意味は通じたようだ。晴仁は顔を上げ、そのまま仰向《あおむ》けに寝ころんだ。自らボクサーパンツを脱ぎ捨てる。今度は由眞が、相手の股間に顔を近づけた。

自分の股間に手を当てる。さんざん男の愛撫を受けてきたその部分は、大量の液体を分泌していた。掌ですくい取る。そうやって滑りをよくしてから、天井を向いているものを握った。

由眞は単純にこすらなかった。左手で竿を握り、カリから下をゆっくり上下させる。そして右手は掌で亀頭を包み込み、撫でるように回した。晴仁がうめき声を上げる。

「うおっ、いいよ」

亀頭を撫でる動きはそのままで、左手を竿から陰嚢《いんのう》に移動させた。ゆっくりと揉む。力を入れると地獄の苦しみが待っているらしいから、優しく。顔をさらに落としていく。ほぐした陰嚢に唇を近づけた。舌を出して舐める。表面は鈍感なのか、舐められても晴仁の身体は反応しなかった。つまらないから、晴仁そのものを口に含んだ。

「うおうっ」

今度は反応する。両手で竿の部分を持ち、頬の内側と舌で亀頭を攻める。

「うう。気持ちいい。由眞、上手だよ」

うわごとのように晴仁がつぶやく。褒め言葉に、由眞は強く吸うことで答えた。まるでシェーキを思いきり吸い込むような勢いで。しかし男根はストローとは違う。熱を持った太さに、口の中が火傷《やけど》しそうだった。

両手で竿を握って、口を上下させる。頬の内側が擦れる度に大量の唾液があふれ出し、ますます滑りはよくなっていく。単純な上下運動が、気持ちよかった。たまらず右手を自分の股間に持っていき、撫でた。大量の愛液のために、指がするりと入っていった。

「むうっ！」

由眞はうめいた。大きなものを口に含んでいるから、声が出せない。もう我慢できない。口以外の場所で、この熱いものを咥《くわ》えたい。思いが通じたのか、晴仁が由眞の左手首を握った。

「もう、入れてくれ」

「えっ、上になって、いいの？」

「ああ」

由眞はためらわなかった。身を起こすと、晴仁の上に馬乗りになる。竿をしっかりと握り、自らの股間にあてがう。そのまま体重を落とした。

「んあっ！」

由眞は少しの間動かず、満たされた快感を味わっていた。オーダーメードしたのかと思うほど、隙間なくぴっちりと埋められている。かといってきついわけでもない。本当に相性がいいと、動かなくても十分気持ちがいいのだ。

しかし若い身体は、それ以上の快楽を求めてしまう。由眞はゆっくりと腰を動かし始めた。

「うんっ！　どう？」

「おおう。いいよ」

晴仁の腹に両手を突いて、由眞は動いた。自分の動きで男に放出させるこの体位が、由眞は好きだった。

「んあっ！　んああっ！」

動きが段々速くなる。しかし先ほど一度放っている晴仁のものは、硬いままだ。

晴仁の両手が伸びてきて、由眞の乳房に当てられた。こねられる。

「くううっ！」

絶え間ない股間への刺激のおかげで、乳首は触っただけで電気が走るようになっている。強くつままれた。

「──っ！」

声にならない、しゃっくりのような息が漏れた。しかし腰の動きはやめない。晴仁が下から突いてきた。奥に当たる感触。

「ああっ！　いいっ！　いいっ！」

「おう。由眞。由眞。イクぞ。いい？」

「うん。イッて。わたしもっ！」

晴仁が由眞の腰をつかんで、下から強烈な打ち込みを繰り返した。脳が収縮するような感覚があり、意識が遠くなった。

「くうっ！」

由眞は達していた。同時に晴仁も放つ。一度出しているにもかかわらず、大量の精液が由眞の中にぶちまけられた。その脈動もまた、由眞にさらなる快感をもたらした。

由眞は、晴仁の上に倒れ込んだ。下から抱きしめられる。

頭が真っ白で、何も考えられなかった。何も考えたくなかった。兄のことも。事件のことも。ただ、こうやって愛する男に抱きしめられていたかった。

この人なら、自分を護《まも》ってくれるはずだから。

「照り焼きセット、アイスコーヒーで四百七十円になりまーす」

由眞が作った明るさで言うと、中年の男性客は財布から千円札を出してきた。

「千円お預かりしまーす。五百三十円のお返しでーす」

レジから五百円玉一枚と、十円玉三枚を取り出し、差し出された客の掌に載せる。その際に、指先を少し掌に触れさせた。中年客の目が一瞬にやけ、すぐに戻る。店に好感を持ってもらい、リピーターになってもらうためのテクニックだ。

由眞はファストフード店でアルバイトしている。もっと時給のいい仕事は他にあるけれど、大学の授業が終わった後の短い時間でもできるのが利点だ。自宅での家事も、晴仁と会う時間も、犠牲にしなくて済む。兄が死んでからというもの、母はすっかり無気力になってしまっている。由眞が、家事のかなりの部分を負担しなければならないのだ。だからアルバイトも、短い時間でできるものに限られる。たまたまそんな条件に合ったアルバイト先が見つかったのだから、幸運だったといっていいだろう。しかも晴仁のマンションに行く日は事前に告知しているから、両親は店屋物でも取って済ませてくれる。掃除や洗濯は、毎日しなくても死にはしない。

宵の口だけあって、お腹を空かせた人たちが、レジ前に行列を作っている。手際よく捌《さば》きながら、ちらりと掛け時計を見た。午後七時二十分。あと十分で由眞のシフトは終わる。しかし今日の客足では、午後七時三十分ぴったりには終われないだろう。今夜は晴仁のところに行くことになっているけれど、少し遅くなる。

まあ、仕方がない。働くとは、そういうことだ。すべてを杓子定規《しやくしじようぎ》に片づけようとせず、柔軟に対応する。時給にして二百五十円程度損をしたとしても、店長からの信頼が高まるメリットに比べたら、たいした問題ではない。そんなふうに考えられるようになっただけ、アルバイトには意味があったと思う。社会に出る前に、覚えられてよかった。

ふと、兄の顔が浮かぶ。

この店では、由眞の手際よさはダントツだ。だから半分余計な考えに耽《ふけ》っていても、客へのサービスを滞《とどこお》らせることはない。笑顔とはきはきした応対、てきぱきとした動きを繰り返しながら、由眞は兄のことを考えていた。

自分よりもずっと成績がよく、狭き門である獣医学部に進学した兄。大学に入ってからも勉強ばかりで、アルバイトで稼いだという話は、聞いたことがなかった。

大学を卒業しても、就職するのではなく、大学院に進学する道を選んだ。獣医師となって動物病院に勤めるのではなく、動物の難病について研究を続けたいと考えたのだ。そんな兄の決断を、両親は支持した。平凡な自分たちに、せっかく優秀な子供が生まれたのだ。だったら、できるところまで勉強を極めてほしい。就職なんていずれするのだから、慌ててアルバイトなんてして勉強の邪魔になっては一大事だ。兄もそんな両親の期待に応えて、大学院に進んでからも研究一途《いちず》だった。

それなのに兄は、土壇場で両親を裏切った。研究を捨てて引きこもりになってしまったからだ。最初はなんとか大学院に戻そうと、叱ったりなだめたりしていた両親も、一向にその気にならない兄に、匙《さじ》を投げた。同じ家に住んでいながら、いないものとして扱うようになった。トイレや洗面所で出くわしても、目を逸《そ》らして通り過ぎるだけ。兄の方も、両親が起きているうちは、できるだけ部屋から出ないようにしていた。シャワーを浴びるのは、決まって家族が寝静まった後だった。最後は、働かないままこの世を去った。

晴仁と対照的だ、と由眞は思う。二人の友情は、成長してからも続いた。しかし行動は正反対だった。大学に進学すると、進級ぎりぎりの成績を維持しながら、アルバイトとサークル活動に明け暮れた晴仁。特に夏休みはいくつものアルバイトを掛け持ちして、下手をすれば新卒サラリーマン以上の月収を稼いでいた。就職してからも、アルバイトの就労経験が活きたのか、すぐに職場で欠かせない戦力になったと聞く。

それほど対照的なのに、どうして友情が続いたのか、由眞は本気で不思議に思う。いや、対照的だからこそ、惹かれ合ったのか。お互い、自分が持っていないものを相手に求めて。そうとでも考えなければ、引きこもりになってしまった兄などと、晴仁が交流を続けるわけがない。同時に、世を捨てた兄が、晴仁とだけは連絡を取り合うはずがなかった。

では、由眞はどうか。正反対の二人に挟まれた、平凡な女。兄ほど勉強熱心だったわけでもなく、晴仁ほど精力的に活動していたわけでもない。兄よりは稼いでいても、晴仁のそれには遠く及ばない。そう考えると、自分がひどく中途半端な存在に思えてくる。

「ホットコーヒー、百円でーす」

必要以上に明るい声で、自分の考えを打ち消した。そんなことはない。兄よりマシというだけで十分だ。だって、兄貴は親のすねをかじってばかりで、びた一文稼がなかったではないか。

——えっ？

脳の奥で閃光《せんこう》がきらめき、網膜を奥から焼いた。おかげで由眞は、危うくホットコーヒーを倒すところだった。寸前で右手は紙コップを保持し、客に火傷させることなく手渡すことができた。

今、自分は何を見つけた？

去っていく客に「ありがとうございましたーっ」と声をかけながら、由眞は懸命に考えた。びた一文稼がなかったではないか——。

これだ。

兄貴は、金を稼いでいなかった。収入源は、親からの小遣いだけだったはずだ。それも、断絶してからは、もらっていない。だったら、なぜ兄はコンビニエンスストアで買い物ができたのだ？

混乱が由眞を襲った。レジを打ち間違える。滅多にない失態だ。しかし客をイライラさせるほどの時間ロスはしない。すぐにリカバーした。客の掌におつりを載せ、ハンバーガーを載せたトレイを手渡した。

「いらっしゃいませーっ」

すぐに次の客の応対に当たる。機械的に業務をこなしながら、由眞は考えを整理した。

いいか。丁寧に、手順を踏んで考えろ。

買い物ができた以上、兄は金を持っていた。

金を持っていた以上、兄には稼ぐ手段があったことになる。

ということは、兄は働いていた。それが結論だ。

部屋に引きこもった状態でも、金を稼ぐことはできる。パソコンを使った在宅の業務もあるし、由眞にはよくわからないけれど、立ち上げたホームページの閲覧数が多いと、収入を得られる仕組みがあると聞く。コンビニエンスストアにはATMがあるから、店に行って口座から現金を引き出し、買い物をすればいい。

これが正解だろうか。ひょっとしたら、順番が逆なのかもしれない。研究に挫折して引きこもりになったため、仕方なく在宅の仕事で金を稼いだ。そうじゃなくて、在宅でも簡単に稼げる方法を見つけ出したからこそ、地道な研究なんてバカバカしくてやっていられなくなったのではないのか。

いや、違う。

由眞は、納得しかけた自分に首を振った。兄が引きこもりになってしまったときの、両親の悲嘆を鮮明に憶えているからだ。在宅で稼ぐ手段を見つけたのなら、それはそれで立派な自立だ。あれほど打ち込んでいた研究から離れたことも、人生全体から見たら、小さな方向転換に過ぎない。だったら両親にそう伝えればいい。わざわざ悲しませる必要なんてない。兄は、胸を張って自分の仕事を親に言えなかったのだ。それは、なんだ？

三百メートル先から、カーテン越しに狙撃された兄。

全身を悪寒《おかん》が襲った。客が、怪訝《けげん》な顔で由眞の手元を見た。

鳥肌が立っていたからだ。

「ごちそうさま」

晴仁がお腹をさすりながら言った。

「お粗末様でした」

今夜のメニューは、トムヤムクンだった。といっても、特別に凝《こ》った料理が得意なわけではない。世の中には「トムヤムクンスープの素」というありがたい商品が売られている。自分はエビとマッシュルーム――フクロタケは手に入らなかった――を切っただけだ。それでも辛いものが好きな晴仁は喜んでくれた。

晴仁がキッチンに向かった。「じゃあ、食器を洗うよ」

「お願い」

答えながら、由眞はビールの空き缶を取った。窓に向かう。遮光カーテンを開いて、窓を開ける。晴仁は、空き缶用のゴミ箱を、ベランダに置いている。ワンルームマンションでは、分別の数だけゴミ箱を置くスペースがないからだ。冬場はちょっと寒いけれど、合理的な判断だと思う。蚊が入ってこないよう、すばやく窓を閉める。カーテンを引いた。

晴仁が洗い物をしている間に、シャワーを浴びておこうか。

そんなことを考えた。飲食店でのアルバイトは、食べ物の臭いが付いてしまうのが難点だ。とくにファストフード店は、フライドポテトの揚げ油の臭いがわかりやすい。服は更衣室で着替えるから無事だとしても、身体、特に髪に臭いが付いてしまう。晴仁は気にしないけれど、やはり身ぎれいにしておきたい。臭いもさることながら、やっぱり汗ばんだ身体を舐められるのは、女として恥ずかしいのだ。

晴仁にひと声かけて、浴室に入った。コックをひねって湯を出す。晴仁が洗い物に給湯器を使ったから、すぐに熱い湯が出てきた。

身体を洗いながら、考える。アルバイト中に考えたこと。あれは、正しいのだろうか。アルバイトが終わって着替えているときも、移動中の電車でも、駅前のスーパーマーケットでも、自分の仮説を検証してみた。証拠がない以上、仮説は仮説に過ぎない。一見矛盾がないように、想像を組み合わせただけのもの。妄想ともいう。それなのに、由眞は一笑に付すことができなかった。

シャンプーを取って、髪を洗う。男の子みたいとまではいわれなくても、髪は短い方だ。背中が隠れるまで伸ばしている友人と違って、洗髪にかける時間は短い。乾かすのもだ。汗と油の臭いをすっかり流してしまうと、由眞は浴室を出た。

「お待たせ」

バスタオル一枚で部屋に戻ると、晴仁はパソコンに向かっていた。深刻そうな顔。こちらに気づいて、ウィンドウを閉じた。

「仕事？」

「うん。取引先からのメール。会社に来るメールが、こいつに転送されるようにしているんだ」

由眞は作り笑いをした。「家に帰ってまで、仕事？　やだねえ、社会人は」

晴仁は力のない笑みを返してくる。「サラリーマンの宿命だよ。どこに逃げても、仕事が追ってくる」

パソコンを消して、ベッドに移動した。晴仁が壁に背中をつけて、ベッドの上に座り込んだ。由眞はその晴仁に背中をつけて、座り込む。石けんの香りが届いてきた。自分の匂いではない。石けんの香りは、晴仁から届いてくる。彼は自分が来るまでの間に、シャワーをすでに浴びていたようだ。晴仁もまた、汗ばんだ身体で女にのしかかるのをよしとしないのだろうか。

後ろから、そっと抱きしめられる。首をねじ曲げて後ろを向き、キスをした。

「ん……」

唇を外して、また体重を預けた。息をつく。

「ねえ」

「何？」

「お兄ちゃんのこと」

晴仁の舌が、うなじをつたった。

「あっ……」

声が出たけれど、話をやめるつもりはない。

「お兄ちゃんは、どうして殺されちゃったのかな」

「また、その話か」

呆れた声。「その話は、もうしないんじゃなかったのか？」

「これが最後だよ」

「最後」

繰り返して、晴仁の歯が耳たぶを噛む。ぞくりとした快感が背筋を走る。

「ダメ……真面目な話だってば」

「真面目に聞いてるよ」

晴仁の手が伸びてきて、バスタオルを外した。胸を揉む。上気した肌は、手に吸い付くようだ。

「お金なの」

「金？」

晴仁の手が止まる。しかしそれは一瞬のことで、すぐに胸をまさぐる動きを再開した。身体が反応して、乳首が硬くなる。

「部屋に引きこもって、お父さんたちと断絶していたお兄ちゃんが、どうやって買い物するお金を得ていたのか。最初は、在宅でもできる仕事を見つけたのかって考えたんだ」

「いいセンだね。引きこもりが金を稼いじゃいけない理由なんてない」

指先が乳首をつまんだ。引っ張る。一瞬の痛み。続いて快感が湧き上がってくる。

「でもね、そうならそうだと言えばいいじゃない。職業に貴賤《きせん》はないんだから。でも、お兄ちゃんは何も言わなかった。ただ自分の部屋に籠城《ろうじょう》して、社会不適合者のふりをしていた。どうして、そんなことをしたのかな」

熟《う》れた乳首を指先で転がしながら、晴仁が答える。

「倫典が何を考えていたのかはわからないけど、他人に迷惑をかけていないんだから、いいんじゃないかな」

「かけてるよ」由眞は即答した。「だから、殺された」

「………」

指の動きが止まった。刺激が止《や》んだことを残念に思いながら、由眞は続ける。

「お兄ちゃんは、働いていることをお父さんやお母さんに言わなかった。言わない理由は、いくつでも思いつく。あれだけ学費を使って続けていた研究をやめてしまった申し訳なさとか、古い人間であるお父さんがネット上のビジネスを虚業と見なすのを嫌がったとか」

背後で笑う気配があった。

「的確にあいつの心理を突いてくるね。さすがは倫典の妹だ」

「その言い方はやめて」

由眞はぴしゃりと言った。

「ハル兄ちゃんが好きになったのは、『倫典の妹』じゃないでしょ？　『由眞』なんじゃなかったの？」

「ごめん」

晴仁が素直に謝った。指の動きが再開される。

「由眞ちゃんは、倫典の心理の足跡を追った。納得できる理由をいくつも考えついた。でも、それらを採らなかったわけだ」

「もうっ」

由眞は膨れた。晴仁がちゃん付けで呼んでいたのは、中学生の頃までだ。高校生になって肉体関係を持つと、自然と呼び捨てになった。今さらのちゃん付けは、由眞をからかう意図からだ。

鎖骨を舐められた。由眞の性感帯のひとつだ。ぶるりと身体が震える。

「もっともらしい理由をいくら考えても、自分で納得できなかった。なんていうか、理に落ちすぎてるっていうのかな。だから、もっとシンプルに考えることにしたの」

「シンプルに」

「そう。お兄ちゃんがお金の出所について言わなかったのは、単純に言えなかったからじゃないかと。親に言えないとすると、それは後ろ暗いお金だよね。つまりは、不正なお金。もっと言えば、犯罪に絡んだお金」

背後で晴仁がため息を漏らした。

「確かにシンプルだけど、短絡的だな。親に言えないからといって、犯罪とは限らないだろう。単に現金の詰まったボストンバッグを拾っただけかもしれないじゃないか。もちろんネコバパは犯罪だけれど、由眞が言いたいのは、そんなことじゃないんだろう？」

「うん、違う」

真面目な話をしているのにと自分で言っておきながら、由眞は晴仁のジャージに手を滑り込ませた。すでに硬くなったものを、後ろ手に握る。入浴して火照《ほて》った由眞の手よりも、そこは熱かった。

握った手を動かしながら、話を続ける。

「わたしが考えたのは、他人から恨まれる種類の犯罪。それも、殺意を抱かれるほどの。そうとでも考えなければ、引きこもりのお兄ちゃんが殺される理由にならないと思う」

「大金をネコバパされたら、殺したいと思うだろう」

局部を握られた対抗措置なのか、晴仁の手が由眞の股間を捉えた。もう濡れ始めているその部分は、たやすく男の指を受け入れた。

「うくっ……、それなら、コンビニへ行く途中で殺せばいいだけの話じゃない。狙撃する理由にはならない。第一、お兄ちゃんの部屋には、大金なんてなかったよ」

「なるほど」晴仁は言った。陰茎を握られているとは思えないほど冷静な声。

「でも、他の犯罪——たとえばネット犯罪——に倫典が手を染めていたとして、やっぱり狙撃される理由にはならないな。同じように、コンビニに行く途中に殺せばいい」

「そうなんだよ」

由眞は握った手の上下運動を速くした。別に、あっという間にイカせようとは思っていないのに。股間に与えられる刺激から逃れようと、無意識のうちに動きを速くしてしまうのだ。

「自分でやったにせよ、プロに頼んだにせよ、犯人は狙撃という手段を選択した。犯人がそうせざるを得なかったという事情は、やっぱり重視すべきだと思う。じゃあ、なぜ犯人は狙撃を選んだのかな」

「またそれか」

ずぶりと中指が潜り込んできた。曲げられた指が、上部の奥を刺激する。

「きゃうっ！」

「そこからは、堂々巡りになるって、わかってるだろうに」

中指に続いて、人差し指も入ってきた。濡れきった由眞ならば、指二本くらいはたやすく受け入れる。

「バカ……そうじゃないんだって」

竿を強く握った。しかし硬くなったそれは、女の握力など問題にしないとばかりにそそり立っている。

「いい？　引きこもりになったお兄ちゃんは、犯罪行為によって生活費を得ていた。けれど、それにより被害者側から殺意を抱かれる結果となった。もうお金を搾《しぼ》り取られるのは嫌だ、脅迫者を殺して楽になりたい。そうじゃなければ、このまま放置していれば大変なことになる。一刻も早くなんとかしなければ——そんな感じ」

「すっかり悪役だな」晴仁は苦笑交じりにコメントした。「死んでしまった兄貴に、ひどい仕打ちだ」

「闇の部分に触れるって言ったのは、ハル兄ちゃんでしょ」

「違いない」

晴仁がまた苦笑した。

「でも犯人は、ある意味正々堂々とお兄ちゃんを殺すことができなかった。できない理由があった。だから狙撃という手段を選ばざるを得なかった。日本で狙撃という殺害方法が極めて特殊である以上、こんなふうに考えてもおかしくないでしょ？」

「うん。おかしくない」

股間への刺激に耐えられなくなって、由眞は晴仁から離れた。逃げたわけではない。背中を預けるのではなく、向かい合ったのだ。そしてジャージのズボンを脱がせた。先ほどまで後ろ手で握っていたものを、正面から握り直す。すでに先走りの気配のあるものを、激しく上下させた。

「だからわたしたちは、狙撃と路上での殺人の違いを見極めなければならない。真っ先に考えつくのは、距離。顔を見られる心配がないって、ハル兄ちゃんも言ったよね」

「うん。言った」

「でも、この前の話で、顔を見られない説は否定された。わたしが次に考えたのは、お兄ちゃんが頭を半分吹っ飛ばされたということ。犯人は大口径のライフルを使ったから、お兄ちゃんは即死だった。ってことは、犯人はお兄ちゃんを即死させる必要があったってことじゃないかな」

まるでフィニッシュに導くように、手は激しさを増していく。そんな動きの中でなければ、話し続けられないから。

「別に、コンビニへ行く途中でも、即死はさせられるだろう」

同じように人差し指と中指の動きを早めながら、晴仁が言った。

「相手は大口径のライフルを入手できる奴だ。拳銃の一丁くらい持っているだろう。路上で延髄《えんずい》を撃ち抜けば、人は簡単に即死する」

「うん、そう思うよ。でも、遠距離狙撃と近距離射撃の間には、大きな違いがあるんだ」

「大きな違い？　――うっ、まずいな」

苦しげな声が聞こえた。

「えっ？」

「このままじゃ、出てしまう。入れてくれ」

晴仁はベッドに仰向けになった。由眞に、上になれということだろう。由眞は晴仁に跨《また》がった。晴仁の先走りで濡れた手を陰茎に添える。すでに濡れそぼった部分に、硬いものを入れた。

「あんっ！」

「うおっ！」

二人の声が重なった。いつもどおり、少しの間由眞は動かず、男の存在感を楽しんだ。そしてゆっくり動き出す。

「お兄ちゃんが路上で襲われるところを想像してみたんだ。いくらなんでも、接近にまったく気づかないまま撃たれるってことはないでしょ。即死させられるにしても、敵の襲撃には気づいたはず。逆に言えば、敵はお兄ちゃんに襲撃を気づかれると考えるはず」

「……………」

由眞の動きに身を預けているのか、晴仁は言葉を発しない。ただ、寝ころんだまま腕を伸ばして、由眞の乳房をまさぐっていた。

「こう考えると、違いが見えてくる。遠距離狙撃と近距離射撃の違いは、事前に敵襲を察知できるかどうか。遠距離狙撃はできなくて、近距離射撃はできる」

「事前っていったって」

晴仁がようやく口を開いた。

「察知できるのは、即死の一秒か二秒前だぜ。そんなちょっとの違いに、意味なんてあるのか？」

「ある、と思ってる」

思いきり体重を預けた。子宮の入口にまで、晴仁の男が届いてくる。

「うんっ！　犯人には、その一秒か二秒が大切だった。お兄ちゃんにその時間を与えてしまうと、反撃されてしまうから」

「反撃？　あいつが？」

研究一筋だった兄は、腕っ節とは無縁だ。それを知っての発言だろう。由眞は腰を弾ませた。晴仁が「うおう」というろめき声を上げる。

「別に、素手で反撃する必要はないでしょ。お兄ちゃんには、お兄ちゃんの武器があった。それはそのまま、収入に直結していた。今までも想像だったけど、ここからはほぼ当てずっぽうだよ」

「それでいいよ」

晴仁が身を起こした。由眞の背中に手を当てて、ゆっくりと後ろに倒していく。体位を入れ替えた。ゆっくり、大きく腰を動かしていく。自分ではなく他人の動きによって与えられる刺激は、また違った快感を由眞にもたらした。

「あんっ！」

単純ではない動きに、由眞の身体が反応する。けれど理性を飛ばしてしまうわけにはいかない。

「家と大学院の往復だけだったお兄ちゃんに、どんな武器があったのか。お兄ちゃんは獣医学部で、動物の難病を研究していた。武器を得るとしたら、大学院でと考えるのが、最も自然だと思う」

女を組み敷いて腰を打ちつけているというのに、晴仁が大きなため息を漏らした。

「ウィルス、か……」

「そう」自分の頭の中だけでなく、他人から言葉として聞いてしまうと、重いリアリティが宿る。快感以外の震えが、由眞の女の部分を収縮させた。

「たとえば、口蹄疫《こうていえき》。新型インフルエンザ。そのウィルスを研究室から持ち出して、酪農地帯にばらまくと脅《おど》せば、お金を払う人たちがいるでしょう。酪農家、業界団体、関連企業、そして自治体、国」

「そんなに簡単に払うかな。警察に通報して終わりじゃないのか？」

「一箇所で、本当に流行させればいいでしょ。そして、持っているウィルスの一部を当局に送りつける。ＤＮＡが一致したら、相手も兄の言い分を信じる。病気の流行が人為的なものだと公表すれば、パニックに陥る。だから警察は真実を明らかにできない。だって、これって要はバイオテロだからね」

「倫典がテロリストか。似合わないな」

晴仁が由眞の左脚を抱え上げた。由眞は右脇腹を下にして横向きになる。左脚を肩に担《かつ》いで動きを再開した。

「あっ！　いいっ！」

シーツをつかむ。それでも我を忘れたりはしなかった。

「警察は必死の捜査で、テロリストの正体を突き止めた。けれど、すぐに逮捕できない。警察が乗り込んだりしたら、すぐさまウィルスをばらまけるような仕込みをしていたから。お兄ちゃんは、ずっと引きこもっているばかりじゃなく、外出もしていた。その際に襲われないように、ほんの一秒か二秒で拡散のスイッチを入れられるようにしていた。そんなふうにアピールしておけば、近距離での襲撃を防げる。いくら悪いのはお兄ちゃんだとしても、逮捕時にしくじってウィルスがばらまかれたら、警察は大バッシングを受けるから。お兄ちゃんがスイッチを入れる隙すら与えずに、言い換えれば襲われることすら知られずに、攻撃する必要があった。その答えが、三百メートル先からの狙撃だった」

腰を動かしながら、晴仁の左手が乳房を捉える。力を入れて握った。乳首をつまんで引っ張る。

「ああっ！」

「由眞の想像が当たっていたとして、倫典が死んだことで事件は解決したのかな」

「そう……じゃないと思う。考えなきゃいけないのは、お兄ちゃんがどんなスイッチを用意していたかということ。真っ先に考えられるのは、スマートフォンね。遠隔操作でウィルスをばらまけるようなアプリは、簡単に作れるでしょ」

「でも、それなら簡単に防げるな。スマートフォンを取り出して、誤動作防止のためのロックを解除して、アプリを立ち上げて、なんてやっていたら、警察は易々とあいつの身柄を確保できる」

「そう思うよ。だから、違う。お兄ちゃんは、外出するときは必ず身につけていて、それが不自然でなくて、しかもワンアクションで作動させられるものを用意していた」

「外出するときは必ず身につけていて、それが不自然でない。それは、何かな？」

晴仁の動きが速くなった。単純で強い力を、由眞に打ち込んでいく。放つつもりなのだ。

由眞もまた、上り詰めていった。

「あんっ！　ああんっ！」

「ううっ！　いくぞっ！」

「きてっ！　きてえっ！」

ピストン運動がさらにスピードを増す。達してしまうまでに、話を終わらせたい。由眞は目を開けたまま、結論を口にした。

「警察は、お兄ちゃんが家にいるときを狙った。外出先でも狙撃はできるのに。万が一の失敗を考えた場合、外では身につけるけど、家では外しておくことが多いものがスイッチだったら、在宅時を狙う理由になる。たとえば――」

視線をサイドテーブルにやった。

「腕時計とか」

腕時計。その言葉を聞いた途端に、由眞の内部で晴仁が痙攣した。次の瞬間、信じられないことが起こった。

晴仁の頭が吹き飛んだのだ。

大量の血が、由眞に降り注いだ。同時に、晴仁は由眞の中に放っていた。全身に恋人の血を浴びながら、由眞もまた達していた。脳が収縮するような感覚。人生最後の射精を行った陰茎を、ちぎれるように締めつけた。

「くああっ！」

晴仁の身体が、ゆっくりと由眞に覆い被さってきた。しかし由眞は動かなかった。そのまま、絶頂の余韻に浸っていた。

由眞はゆっくりと晴仁の下から抜け出した。ベッドに腰掛ける。

「バカ」

死んでしまった恋人に毒づいた。

「ハル兄ちゃん。あんた、お兄ちゃんから脅迫の種を引き継いだんでしょ。働かずに大金が入ってくるんなら、会社であくせく残業せずに済む。だから、わたしが来るまでにシャワーを浴びられるほど、早く帰るようになった」

窓に視線を移す。空き缶を捨てたとき、引いたカーテンの間に、わずかな隙間ができていた。隙間から窓ガラスが見える。弾痕があった。

「あんたもまた、狙撃の危険を感じていた。お兄ちゃんの二の舞にならないように、遮光カーテンに取り替えた。それなら、夜でも外から影が見えないから。でも、それだけじゃない」

由眞は弾痕を見ながら独り言を続ける。

「ご飯を食べるときには、わたしが上座。つまり、窓を背にしていた。わたしを立たせたまま抱いたり、ベッドでもわたしを上にしたり。これって、わたしを盾にしたんでしょ。狙撃者が、間違ってわたしを狙うことを期待して。一度失敗してしまえば、二度と狙撃という手段は使えなくなる。自分の身は安泰」

頭を吹き飛ばされた晴仁を睨みつける。

「臆病者。わたしが上で動いても、死なないことを確認してから、自分が上になった。ハル兄ちゃんは、小さな頃からずっと一緒にいたのに、わたしを犠牲にしようとしたんだよ。いつから、そんなに卑怯になっちゃったの？」

質問口調だったけれど、答えはわかっていた。兄の犯罪を知ってしまったときから。妹であるわたしも、その仲間だ。だから、道具として使い捨てても問題ない。そんなふうに考えたのだろう。大金の前では、長年の恋などどれほどのものでもなかったのだ。

「犯人はバカじゃなかった。いくら髪が短くても、わたしとハル兄ちゃんを間違えたりしなかった。出す直前の、最も無防備な瞬間を狙って狙撃した。見事な腕よね」

由眞の手が伸びた。サイドテーブルの腕時計を取り上げる。

兄は、どんな仕掛けをしたのだろう。モードボタンを押していると、見覚えのない画面が現れた。右上のボタンを押す。「Y／N?」という表示。兄は、腕時計にプログラムを仕込んでいた。おそらくは、右上のボタンを二度押すと、スイッチが入るのだろう。日本のどこか、あるいはすべてで家畜を襲うウィルスがばらまかれるように。

「お兄ちゃんは引きこもりで、テロリスト。恋人はわたしを裏切って、殺された。こんな不幸な女、他にいる？」

血まみれの身体で、ため息をついた。

「なんだか、もうどうでもよくなっちゃった」

由眞はつぶやき、指先に力を入れた。

ボタンが、押された。

見下ろす部屋

なぜ彼は、いつもこの部屋を取るのだろう。

単に、好きだから？　それとも？

＊

「早かったですね」

部屋に入るなり、芽依《めい》はバスローブ姿の寺谷《てらたに》に話しかけた。ベッドサイドのデジタル時計は、午後四時を指している。このホテルのチェックインタイムは、午後三時だ。こうしてシャワーまで済ませているということは、彼はかなり早めにホテルに入ったことになる。

寺谷は淡々と答える。

「明日の会議に備えて、書類を読み込んでおきたいからな」

いかにも勤勉なサラリーマンらしい発言に、芽依は失笑した。本当は、書類なんて読まないくせに。

「ふーん」

芽依はハンドバッグをベッドに置いて、寺谷に近づいた。「じゃあ、ここも使わずに仕事するんですか？」

右手を、股間に当てる。さすがに、まだ大きくなってはいない。返事もまた、同じように冷静だった。

「君が、それでいいなら」

答える代わりに、芽依は柔らかいものを握る。少し動かすと、布地の奥は、たちまち熱を帯びてきた。唇が触れ合う。寺谷の大きな手が芽依の腰に当てられる。しかし手はまさぐる動きを見せず、芽依を軽く押した。

「シャワーを浴びておいで」

芽依は小さくうなずいて、寺谷から離れた。男の前で服を脱いでクローゼットにしまうと、下着も取り去ってバスルームへ向かう。髪は洗わないから、ピンでひとまとめにした。コックをひねって熱いシャワーを浴びる。

芽依の勤める会社では、毎月第一月曜日に、全国支店長会議が開催される。日本の主要都市に置かれた支店のトップが、東京の本社に集結するのだ。

ＩＴ化の進んだ現代、リモート会議システムを活用すれば、支店にいながらにして会議に参加できるだろう。しかし芽依の会社は、その手法を採っていない。直接顔を合わせてこその会議だと主張する経営幹部が反対し、あえて導入していないらしい。おそらく全支店長の年間出張代を合算すれば、リモート会議システムの導入費用などあっという間に賄《まかな》えてしまうだろう。要は、その程度のソロバンも弾けない人間が、決定権を握っている会社だということだ。同期の男性社員が「金の流れに疎《うと》い経営陣のおかげで、ウチはずいぶんと利益を取り損ねている」とぼやいていたのを思い出す。

経営幹部のポリシーはともかく、芽依にとってはありがたい慣習だった。なんといっても、遠く名古屋支店に異動になった寺谷と、こうして会えるのだから。

朝一番の会議に出席するためには、前日入りする必要がある。月曜日の前日は日曜日であり、芽依にとってはそれこそが大切だった。平日ならば、会社の通常業務が終わってから出発しなければならない。東京に到着するのは夜遅くなってしまうから、逢瀬《おうせ》を楽しむ時間がない。けれど日曜日ならば「会議の準備がある」と理由をつけて早い時間帯にきてしまえば、一緒に過ごす時間はたっぷり取れる。芽依は、寺谷が家族に嘘をついてまで自分との時間を作ってくれることを、嬉しく思っていた。

丁寧に身体を洗って、水滴をバスタオルで拭き取る。ささっと歯を磨いてから、バスルームを出た。

「お待たせです」

寺谷の背中に声をかけた。「ああ」と気のない返事が返ってくる。彼は、立ったまま腰高窓から外を眺めていた。逆光のため、その背中から表情を読み取ることができない。バスタオルを巻いて近づいた。

「また、見てる」

隣に並んだ。外は明るいから、照明を点《つ》けていない室内を外から見ることはできない。バスタオル一枚で窓の前に立っても、外から姿を見られる心配はなかった。そもそも、この部屋は十一階にある。近隣にはこの階以上に高い建物はないのだから、他人に見られる心配は皆無だ。

寺谷が見ていたのは、窓の外というより、窓の下だ。駅に近いこのホテルの窓からは、駅のホームと線路を見ることができる。彼は、眼下を通り過ぎる電車を眺めていたのだ。

「本当に、好きなんですね」

少しからかう口調で言うと、寺谷は苦笑した。「それほどでもない」

そんなはずはないことを、芽依は知っている。このホテルは、客室から電車がよく見えることで有名だ。だから全国から鉄道好きがやってくる。ホテル側も自分たちの武器がなんなのかよくわかっているようで、特に電車が見えやすい部屋を選んで「トレインビュープラン」用の部屋として、プレミアムを付けて販売している。寺谷と芽依がいるこの部屋が、まさにそこだった。わざわざこの部屋を指定して予約したその一点において、寺谷が鉄道好きと断言できるのだ。

一方芽依は、鉄道にはまるで興味がない。それでも三つの理由から、寺谷がこのホテルに泊まることを歓迎していた。

理由のひとつめは、シングルルームでもベッドはセミダブルタイプだから、二人並んで寝られること。

そしてふたつめは、二階にレストランがあるから、レストランに行くふりをしてエレベーターに乗って客室まで行けること。芽依は宿泊客ではないから、エレベーターが客室専用だった場合、乗ろうとすればホテルマンに止められてしまう危険性がある。

そして三つめは、会社のあるターミナル駅から少しだけ離れていることだ。たった二駅。わざわざ買い物に出てくるような街ではないし、ここに住んで会社に通うには、家賃が高すぎる。灯台もと暗し。この駅ならば、二人で食事をしても、買い物をしても、他の社員に見つかる可能性は低い。こちらは不倫相手だ。慎重に行動するに越したことはない。

並んで、窓の下を見る。左側に駅のホームがあり、そこから何本もの線路が延びている。線路の上を、四角い電車が駅から出たり入ったりしている。休日だから、平日よりは本数が少ないのかもしれないけれど、それでも複数の路線が走っているから、電車はひっきりなしにやってくるように見える。

芽依にとって、電車とは単なる移動手段だ。だから車両の色も、自分が乗るべき電車かどうかを識別するためのものでしかない。ましてや、車両の形など区別しようと考えたこともない。行き交う電車を眺めるなんて、ただ退屈なだけの行為だった。

しかし寺谷にとっては、そうでもないらしい。暇さえあれば、窓の下を見ている感じすらある。かといって、芽依を放っておくつもりもないようだ。そっと芽依の肩を抱いた。顔が近づいてくる。キスした。

「む……」

喉の奥で声を発したのは、バスタオルが外されたからだ。身体を包んでいた布が下に落ち、芽依は全裸になった。ひんやりとした空気が、肌に当たる。空調が効きすぎのような気もするけれど、どうせすぐに暑くなるのだ。いや、熱く、か。

キスをしながら、乳房を触ってきた。シャワーで上気した肌は、簡単に反応する。乳首が立つのが、自分でもわかった。その乳首を、掌《てのひら》で転がされる。先端が、男の手の中で、次々と向きを変えていく。与えられた刺激が身体の奥に届く頃には、快感に変わっていた。

「あん……」

唇の間から舌を差し込みながら、寺谷は執拗《しつよう》に乳房を攻めた。芽依の乳房は大きい方だけれど、感じやすい。乳房なんて脂肪の塊《かたまり》だから、大きい人間は鈍感だ——そんな俗説がまかり通っているけれど、実際には大きさと感度は関係ない。乳首を強くつままれると、触れていない股間が熱くなった。すると、まるでわかっていたかのように、右手が股間を包む。指先が裂け目を撫でた。

「ひゃうっ！」

電流が走ったような快感が背骨を駆け上がる。思わず両手で寺谷の右腕をつかんだ。股間から引きはがそうとする。しかし太い右腕はびくともしない。人差し指で肉の芽を、中指と薬指で裂け目を刺激していた。そうしている間にも、左手は右の乳首をいらい続けている。

「ひっ！　ひぃっ！」

じゅん、と音がして液体があふれ出した。内股を伝うのがわかる。寺谷は右手を外し、芽依の目の前に持ってきた。指を開いてみせる。指の間には、糸が引いていた。「ほら」

自らの肉体の露骨な反応に、芽依は赤面する。「バカ」

言うなり、寺谷の前にしゃがみ込む。バスローブの裾をめくって股間をむき出しにした。すでに十分な硬さを持ったものが屹立《きつりつ》していた。とても四十代後半とは思えない角度だった。

片手で握る。熱い。緩く握ったまま、前後に動かした。握る力を強くする。そうしなければ、手から跳ね飛んでしまいそうな気がしたからだ。

「どう?」

手を動かしながら、上目遣いで男を見る。寺谷の目が、わずかに細められていた。

「いいよ。そろそろ、口でやってくれ」

芽依は口で承諾したけれど、それは言葉ではなかった。先端にキスしたのだ。十分に大きくなった亀頭は、表皮が張ってつやつやしている。そこに唇を被《かぶ》せた。大量の唾液を塗りつける。滑りをよくしてから舌を動かした。

「う、うう……」

寺谷がうめく。芽依は寺谷を口の中に入れたまま、舌を使ってなめ回した。亀頭を舌全体でこすり、舌先でカリをなぞった。その度に、肉の棒は反応して跳ねた。

攻めているはずの、こちらがたまらなくなった。芽依は両手で根元を握り、頭ごと前後させた。頬をすぼめて、強く吸う。

「おうっ」

寺谷が声を上げた。芽依はかまわず口を動かし続ける。先ほどまで一方的に攻められたお返しとばかりに、動きを激しくする。身体の奥がうずく。口を動かしながら、自然に右手が自分の股間を撫でた。すでに十分に濡れている裂け目には、簡単に指先が埋まる。

「うんっ！」

口の動きと右手の動きをシンクロさせた。相手に快感を与えながら、自らも勝手によがっている。愛人の痴態《ちたい》を、寺谷が見下ろしている。両手で頭をつかんで、動きを止めさせた。

「そろそろだ」

芽依は名残惜しさを覚えながら、肉の棒から口を離した。亀頭の先端から唇まで、細い糸が引いた。芽依の唾液なのか、それとも寺谷の先走りなのか。おそらく、その両方だろう。

芽依は立ち上がり、腰をかがめて窓枠に手を当てた。寺谷が後ろに回り込む。

「いくぞ」

言うなり、硬いものが埋め込まれた。

「ああっ！」

全身に鳥肌が立つ。挿《い》れられただけで、軽く達してしまった。

達してしまうと、全身の神経が過敏になる。ゆっくりと寺谷が動き出し、芽依は背骨が痙《けい》攣《れん》するような快感に襲われた。

「うんっ！　いいっ！」

寺谷は動きを速くしなかった。巧みに腰を動かしながら、芽依の内部を刺激していく。動きを止めずに、両手を胸に持ってきた。乳首を強く引っ張られる。

「くあああっ！」

後頭部を殴られたような快感。両手は一度乳首を離れ、すでに洪水のようになっている接続箇所を触れた。そこで粘液を十分に掌に受けてから、もう一度乳房を包み込む。芽依は、自らの粘液によって乳房をぬるぬるにされた。滑りのよくなった状態で、さらに揉まれる。その間も、ずっと股間は熱い棒によって灼《や》かれ続けていた。

「ああんっ！　もう！　もう、来てっ！」

たまらず叫んだ。途端に、先端が深く突き刺さってきた。速い、直線的な動きが送り込まれてくる。

「うっ！　うっ！」

芽依は窓ガラスに両手を突いて、寺谷の攻めに耐えていた。ぼうっとした頭で窓の下を見る。ホームの端に、しょぼくれた初老の男が立っているのが見えた。くたびれたポロシャツを着ている。スラックスなどは、すり切れているのが見えるようだった。昼間から酔っているのか、足元がおぼつかないようだ。

ひと目見て、充実した人生は送っていなさそうな姿。一方自分は、空調の効いた部屋で、支店長にまで出世した男に抱かれている。窓一枚隔てただけで、これほどの違いがあるのか。寺谷の動きは、ますます速くなっていった。ぱんぱんという、下腹が尻に打ちつけられる音が、ホテルの部屋に響く。その度に、芽依は声を上げた。

寺谷が熱い息を吐いた。

「ううっ！　もう、イクよ！」

「いいっ！　来てっ！」

寺谷の指が、肉の芽に当てられる。濡れきった芽を、激しくこすられた。それがスイッチになったかのように、芽依の脳は収縮した。爆発する直前の収縮だ。

「イクっ！」

「イクぅっ！」

脳が弾けた。

最深へのひと突きと共に、寺谷は放っていた。同時に芽依も達していた。

脱力した芽依は、窓ガラスに体重を預けた。背後からつながったまま、寺谷が抱きしめてきた。コンドーム越しに射精の脈動が伝わってくる。脈動は、今までの激しい動きとは違って、穏やかな快感を芽依の中に生み出していた。

「ふうっ」

寺谷も満足げな息を漏らす。二人して立ったまま、不自然な体勢で窓に顔を向けている。放っても、まだ寺谷の男は硬さを失っていない。その体勢のまま、窓の外を眺めていた。銀色の電車が、駅に滑り込んでいく。

初老の男性は、銀色の電車を待っていたらしい。よろよろと電車の方へ歩いていく。目の前のベンチを回り込んで、ドアに向かった。

そのとき。

男性が突然倒れ込んだ。両手で頭を押さえてホームを転がった。

「どうしたんだろ」

自然と、疑問が口をついて出た。

背後から答えが聞こえた。

「非常ボタンに頭をぶつけたんだな」

「非常ボタン?」

芽依が訊《き》き返すと、寺谷は答える前に自分のものを抜いた。

「あ……」

抜かれた刺激で、また声が出てしまう。寺谷はベッドに腰掛けた。

「ほら、駅のホームにあるだろう? 柱に取り付けられた、黄色い箱。何かあったときに、箱のボタンを押して、異状を知らせるんだ。あれは柱から出っ張っているから、高さによっては頭をぶつけやすい」

なるほど。先ほど初老の男性は、ベンチを回り込んでいた。ベンチに気を取られていたから、傍《そば》にある非常ボタンのボックスに気づかなかったのだろう。そして、側頭部を強打した。気の毒だけれど、離れて見ている分にはコントのようだった。

寺谷がコンドームを外した。大量の精液が溜まっている。口を縛《しば》って、コンビニエンスストアのレジ袋に捨てた。ティッシュペーパーの箱に手を伸ばす。けれど芽依が止めた。

「綺麗にしてあげます」

言いながら、芽依は再び寺谷のものを口に含んだ。

「いつも、すみません」

ホテルの部屋に戻ると、芽依は寺谷に言った。謝罪ではなく、礼だ。

昼間の行為の後、二人は交代でシャワーを使い、街に出た。晩秋にちょうどいいジャケットが欲しかったから、二人でブティックに入った。

寺谷は服を選ばない。自分の趣味を押しつけるつもりはないらしい。芽依は三十分ほど吟味して、自分の給料ではとても買えない品を選んだ。支払いは、寺谷がゴールドカードで済ませた。

続いて、夕食だ。寺谷は芽依と食事をするために、この街で手頃なレストランを幾つかリストアップしている。今日は、イタリアンだ。フィレステーキをメインにしたディナーコースを堪能してから、ホテルに戻った。そして口から滑り出てきたのが、さっきの科白《せりふ》というわけだ。

ブティックの紙袋を床に置くと、寺谷が抱きしめてきた。ワインでわずかに染まった頬が近づいてくる。唇の距離がゼロになった。キスしたまま、息を漏らす。強く抱き合った。

東京本社時代、寺谷は芽依の直属の上司ではなかった。上司の命令で捺印《なついん》をもらいに行く部署の課長だったのだ。書類の内容を説明し、相手から幾つかの質問を受け、それに答えるだけの会話。プライベートなものは、何ひとつなかった。

転機になったのは、先輩社員の結婚式だった。芽依の部署の女性社員が、寺谷の部署の男性社員と結婚したのだ。結婚式の二次会でたまたま同じテーブルになった二人は意気投合し、帰り道にラブホテルに入った。

完全に酔った勢いだった。しかし芽依は、妻子ある男性との行為を後悔しなかった。寺谷に対する感情は、恋愛といえばいえるとは思う。けれど、決して寺谷に奥さんと別れさせて、正妻の座に就こうとは考えなかった。寺谷にも、そのつもりはなかった。寺谷は奥さんには残業と偽って、芽依と関係を続けた。

芽依は、客観的に見て顔だちは整っているし、胸も大きい。男から見て、情事の相手としては上質な部類に入るのだろう。関係を持ったのは成り行きだったとはいえ、寺谷が自分を手放そうとはしなかったことに、芽依は密かに誇りを感じていた。

唇がこねられる。寺谷の掌が、芽依の尻を撫でる。芽依の掌が、寺谷の股間に当てられる。

寺谷の転勤が、別れる最大のチャンスだったのかもしれない。東京と名古屋とでは、距離がありすぎる。簡単には会えない。それに、彼は新天地で重責を負わされる職務に就く。愛人と乳繰り合っている場合ではないだろう。特に別れ話をしなくても、自然に離れていく環境が整ったはずだった。

それなのに、会社のシステムが二人を別れさせなかった。月に一度の支店長会議。寺谷は会社によって強制的に、日曜日の午後に空き時間を作らされたのだ。会わない道理はない。奥さんは、遠く名古屋の地にいる。二人は、寺谷が東京にいたときよりもむしろ安心して、逢瀬を重ねるようになった。

手探りでベルトを緩める。前のボタンを外し、ファスナーを下ろす。トランクスの内側に手を入れた。すでに硬くなったものが、芽依の右手を待っていた。強く握る。芽依のレギンスも下ろされていた。こちらは下着の上から刺激を与えられた。抱き合ったまま、お互いがお互いの最も大切な部分を愛撫している。

不倫。

愛人。

大昔の演歌に出てくるような言葉が、今の自分の立場だ。別に嫌じゃない。結婚にそれほどこだわりはない。今の関係が続けば、それで十分だった。

愛人といっても、囲われているわけではない。食事をおごってもらい、高価な洋服やアクセサリーを買ってはくれるけれど、それらは別になくても生きていける。自分は、自分で稼いだ金で生活しているのだ。自立した大人の女が、同じく大人の男を自己責任で愛する。何が悪いというのか。

不意に、昼間見た初老の男性を思い出す。家に帰れば優しい奥さんが待っていたり、平日には自分の能力が発揮できる職場があったりするようには思えなかった。生活感のない、清潔なホテルの窓から、日常生活の匂いが色濃く漂う駅のホームを見下ろす。そんな位置関係が勝手に想像させているだけなのだろう。それでも芽依は、自分の想像が外れているとは思わなかった。

自分はあんなふうになりたくないし、寺谷にもなってほしくない。自分たちは上流階級の人間じゃない。成功者でもない。それでも、充実感はある。毎日懸命に働いて、ときどき甘い蜜に溺《おぼ》れる。そうしているうちは、自分たちがしょぼくれた姿でホームに佇《たたず》むことはないと信じられた。

剝《は》ぎ取られるように服を脱がされ、ベッドに押し倒された。アメリカ製の高級品というふれこみのベッドは、よく弾む。芽依はまるで子供のように跳ねる自分を楽しんだ。自らも服を脱いだ寺谷が覆《おお》い被さってくる。裸で抱き合い、キスをする。唇が唇から離れ、首筋を伝う。

「あんっ……」

ぞくぞくとした快感が、唇の動きを追いかける。

寺谷は、芽依が自分から動くことを許さなかった。仰向《あおむ》けの芽依にのしかかったまま、唇と両手で全身をなで回した。脚を持ち上げられ、その体勢のまま膝の裏を舐《な》められたときには、快感のあまり両股で寺谷の首を絞めそうになった。

「ねえ……もう……」

おねだりするような科白に、寺谷は股間から口を離して応えた。両脚を小脇に抱え、一気に突き入れた。

「あうっ！」

寺谷がゆっくりと動き出す。昼間のように、立ったまま背後から貫かれるのもいいけれど、やはりベッドでの正常位に勝るものはない。快感に没入しやすいのだ。

右脚が抱えられ、左の肩に乗せられた。半身の体勢になった芽依を、寺谷がさらに突いていく。先ほどとは、刺激を与えられる場所が変わった。しびれるような快感があった。

「ああっ、そこ、いいっ！」

寺谷は、芽依がこの体勢で感じることを知っている。強い動きを繰り返し、芽依をどんどん上り詰めさせていった。そのまま右の足首をつかむと、左足首もつかみ、大きく広げられた。

「あ……、ちょっと……」

大開脚のポーズを取らされたまま、芽依は肉棒を打ち込まれた。脚を広げていると、股間に力が入らない。快感に耐えるために締めることができず、ただ翻弄されるばかりになる。

「うあっ！　あっ！　あっ！　うああっ！」

意味不明なあえぎを繰り返しながら、芽依は達しようとしていた。

「もう、もうっ、来てっ！」

「おおうっ！」

寺谷の動きがさらに速くなった。こすられる感覚に、芽依の脳が収縮する。極限まで膨らんだ亀頭が、芽依の中で一気に弾けた。

内部で亀頭そのものが破裂したような感覚。同時に、芽依の脳も破裂していた。

体重がなくなってしまったような感覚。感じる重さは、のしかかってきた寺谷の体重だけだ。

いつまでも、この関係が続けばいいのに――。

広い背中を抱きしめながら、芽依はそんなことを考えた。


「すいません。ご印鑑をいただきたいのですが」

芽依は書類を両手に持って、隣の部署に行った。額の後退した課長が、じろりとこちらを見る。しかし口に出しては何も言わずに、黙って捺印欄に捺印した。書類の中身は、見もしない。

「ありがとうございました」

形式的に礼を言って、席を離れる。

寺谷の後任は、良くも悪くも前任者とはまったく違っていた。起きているのか眠っているのか、わからないような細い目。書類の内容についてあれこれ尋ねられないのは楽でいいけれど、かといってこれほど機械的にハンコを押されては、この部署のチェック機能は大丈夫なのかと心配になりもする。芽依は、先輩が結婚したときの課長が寺谷でよかったと、心の中で胸をなで下ろした。

いや、この部署だけではない。会社全体が、いい加減にできているのだ。体育会系的なしごきで営業マンを鍛え上げ、生き残った者が出世していく。根性論と結果オーライが染みついているから、すべてにおいて緻密《ちみつ》さに欠けている。

その緩さが居心地のよさを生んでいるけれど、社会の風潮がいつまでも許しておかないだろうとも思っている。面倒くさい諸々《もろもろ》の手続きが厳格化され、事務職の自分もまた変わっていかざるを得ない。もしそうなったとしても対応していく自信はあるけれど、自ら率先して変えようとは思わない。自分は日本人だし、ここは日本の会社だ。外圧がなければ動かないのだ。

不意に風が芽依の頬を撫でた。ここは屋内だ。窓もはめ殺しなのに、なぜ風が吹くのか——そう疑問に思う前に、解答に行き着いていた。すぐ横を、人が通っていったからだ。今の風は、人間が動くことによって生み出された空気の動きだったようだ。

それだけならば、よくあることだ。芽依が不審に思ったのは、通り過ぎた人の動きだった。全速力で駆け抜けていったのだ。よく見ると、芽依が寺谷と関係を持つきっかけになった、先輩の結婚相手の男性社員だった。今は確か保険部で働いているはずだ。背中が緊張のオーラを漂わせていた。

「なんだろ、あれ」

芽依は隣席の同僚に訊いた。

「ああ、あれ？」

同僚がのほほんとした顔で答える。

「ほら、先週、船が沈んだでしょ？」

言われて思い出す。マレーシアから輸入した商材を貨物船で運んでいたら、台風の直撃に遭って、なんと転覆してしまったのだ。商材はすべて海中に没してしまったと聞いている。芽依のいる部署は直接絡んでいない商材だったため、「ああ、大変だな。お気の毒に」としか思わなかった。あの事故のことか。

「そうだね。でも、難破船がどうしたの？」

「実はね」同僚は声を潜めた。「保険に入っていなかったんだって」

「ええっ！」

つい大声が出てしまい、同僚が耳を押さえて睨みつけてくる。「うるさいっ！」

芽依は顔の前に手刀を立てた。「ごめん、ごめん。でも普通、貨物には保険をかけるでしょ」

「かけたつもりだったんだ」

同僚は先輩社員が走り去った先を見た。「でも、書類に不備があって、保険が成立してなかったんだって。ほら、ウチの会社はいつも急げ急げだから、保険の申し込みをしたらすぐに出荷しちゃうでしょ。保険屋さんも長年のつき合いだから、細かい日付は調整してくれる。でも今回のヤツは、なあなあで済ませられるレベルのミスじゃなかったんだって」

「……」

「かなりの損害額らしいよ。保険部の部長と課長は、処分は免《まぬが》れないって。やらかした本人は、まあ、左遷かな。少なくとも、本社にはいられないよ。損害はなんとか今期中に取り戻さなきゃいけないから、各部署とも締めつけが厳しくなるって話だし。みんなの視線が冷たくなるから、思い切りよく飛ばしてあげた方が、本人のためかも」

同僚の声には、少し面白がる響きがあった。しょせんは他部署のことだと思っているのが、はっきりと感じ取れた。

同僚に礼を言って、机に向かう。仕事を再開しようと思ったとき、ふと別のことを思いついた。

海に沈んだ商材。名古屋支店が販売する予定はなかったのだろうか？

端末から、発注情報を呼び出した。品番から発注元と数量を検索する。すぐに出てきた。

名古屋支店は、八機を発注していた。全部で十五機輸入していたから、失われた商材の半分は、名古屋支店が販売する予定だったことになる。

背中を悪寒《おかん》が走った。

全社で十五機しか売る予定がない商材を、八機も売り込んだのは、寺谷の優秀さを示すデータといえるかもしれない。けれど優秀さは、この場合はダメージの深さに直結する。商材は失われてしまった。貨物船が沈没した先週からずっと、寺谷は対応に追われていることだろう。

来週の月曜日は、定例の全国支店長会議だ。この分では、寺谷は来られないかもしれない。会社が被《こうむ》った損害よりも、寺谷に会えないことの方が、芽依にとっては残念だった。

「来ないかと思ってました」

寺谷の前で膝立ちになって、彼のものをこすりながら、芽依は言った。「大変だったんでしょ？」

「まあね」

生気のない顔で、寺谷は苦笑した。表情同様、芽依が握っている彼の分身もまた、元気がないように感じられた。

「でも、船が沈んだのは、納期のずいぶん前だったからな。早くからわかっていたから、なんとか対応できた。納期を延ばしてくれる得意先には、お詫びの条件を付けて済ませた。どうしても待てない得意先には、物流部に航空便で緊急輸入してもらった。後の方はいいんだ。

物流部持ちだから。でも条件の方は、支店の持ち出しになる。困ったものだ」

条件とは、簡単にいえば値引きだ。通常値引きの枠は支店によって決まっていて、支店長に決定権限がある。今回のような非常事態でも、本社から補塡《ほてん》されることはない。

「まったく、あいつらは」

寺谷が怒りの声を上げた。彼が芽依の前で毒づくのは珍しい。思わず顔を上げた。滅多に見られない怒りの表情が浮かんでいた。

保険がきかなかったことで会社が被った損失については、寺谷には関係ない。彼の怒りは、気象情報も確かめない運送会社を雇った物流部に向けられていた。それでも愛人と裸で向かい合っているのに会社の愚痴を言っても仕方がないと思い直したのか、表情を戻した。芽依は安心して口に含む。

舌で亀頭を刺激すると、分身は簡単に硬さを取り戻した。頰の内側を灼く熱さも、いつもどおりだ。芽依は夢中になって口を動かした。

「うう、気持ちいいよ」

寺谷がうわずった声を出した。口の中で、彼がどんどん大きくなっていく。

「今日は、このまま出させてくれないか」

これまた、珍しい発言だ。彼は自分のモノを口に含まれるのは好きだけれど、口腔内での射精はあまり好まない。というより、口に出すくらいなら、本来の場所で果てたいと考える人間だ。それなのに奉仕の一種であるフェラチオで放ちたいとは、やはり疲れているか。いいだろう。いつも世話になってばかりだ。こんなときくらい、望みを叶《かな》えてあげる。芽依は左手で根元を持ち、右手で袋をもみほぐしながら、舌を使った。

「うおう。いいよ」

亀頭はもう十分に膨らんでいる。このままフィニッシュにまで持ち込もう。芽依は両手で寺谷の尻を持ち、口で激しくピストン運動した。

「うおっ！　イクっ！」

言うなり、寺谷は口の中に放っていた。射精の瞬間、芽依は強く吸った。

「くわっ！」

寺谷がのけぞる。射精したときに強く吸われると、男は悶絶《もんぜつ》する。やった。イカせた。放たれたものは、すべて飲み込んだ。それでも口の中に匂いが残っている。うがいをしようとバスルームに向かおうとした。しかし、その腕をつかまれた。

「手を突いて」

「えっ」芽依は寺谷の顔を見た。「出したばっかりで、できるの？」

寺谷は答えず、芽依の身体を強引に窓に向けさせた。男性自身を愛撫した身体は、すでに受け入れる態勢ができている。尻を寺谷に向けると、彼は腰に手を当てて一気に突き入れた。

「あうっ！」

放ったばかりのモノは、いささかも硬度を失っていなかった。寺谷は、いきなり鋭い突きを繰り出してきた。

「あんっ！　強すぎるっ！」

芽依は抗議の声を上げたけれど、寺谷は聞かなかった。まるでやりたい盛りの高校生のように、単純な動きを繰り返した。芽依も、こんな子供じみた動きを受け入れるのは、久しぶりだ。かえって新鮮な快感に、あっという間に上り詰めていった。

「ううっ！　またイクっ！」

「いいよっ！　来てっ！」

まるで短距離選手のように全力疾走して、寺谷はまた果てた。同時に芽依も達していた。脱力した身体を、窓ガラスと寺谷が支えてくれる。大きく息を吐いて、窓の下を見下ろした。

部活動の帰りだろうか。高校生らしき少年たちがホームに立っていた。声は聞こえないけれど、談笑——というよりじゃれ合っていた。そこに、銀色の電車が滑り込んでくる。少年たちの一人が、スポーツバッグを握り直した。友人たちに向かって片手を振る。彼は、銀色の電車に乗るつもりらしい。

——と。

予想外の展開が眼下に繰り広げられた。友人たちに手を振った少年が、振り返った瞬間、非常ボタンに頭をぶつけたのだ。勢いがついていたためか、頭を押さえてよろめく。いつかの、初老の男性と同じ動きだった。友人たちは、少年を助けるでもなく、指さして笑っていた。ということは、たいした怪我じゃなかったんだろう。あるいは、よくある失敗なのかもしれない。

ずるり、と寺谷のモノが抜かれた。

いつもなら、シャワーを浴びて外に出る。出し終わったモノを綺麗にしてあげようと振り向いた芽依の身体が浮き上がった。寺谷が抱き上げたのだ。そのまま、ベッドに寝かされる。

「……えっ？」

戸惑う芽依に、寺谷の身体が覆い被さっていく。貪《むさぼ》るように唇を吸われた。

「ちょ、ちょっと——」

どうしたの？　と聞こうとしたけれど、また唇をふさがれてしまった。乳首をつままれる。

先ほど達したばかりの身体は、簡単に再点火した。愛撫もそこそこに、寺谷は芽依を貫いた。

もう、二回射精している。さすがにすぐには出ない。寺谷は時間をかけて、ゆっくりと芽依の内部をこね回した。けれど女の身体はそうはいかない。一度達したら落ち着くものではないのだ。快感の炎は一気に燃え広がり、芽依は翻弄された。

　両脚を大きく開かれたまま、寺谷は真上から突き入れてきた。

「そっ、そんなっ！」

　芽依は喉を垂直に立てて喘《あえ》いだ。それでも寺谷は許してくれない。上半身を倒して乳房にむしゃぶりついた。乳首に歯を立てられた。

「ひいいっ！」

　敏感になっているところに与えられた痛みは、異常な快感となって芽依の全身を駆けめぐった。その快感が消えないうちに、肉の芽をつままれる。自らの手で脚を開いた状態にさせられ、さらに突かれた。

「ひっ！　ひいっ！　ひいいっ！」

　もう芽依は、意味のある言葉を吐けなくなった。ただ快感の命ずるままに声を上げていた。無限とも思える快感の果てに、寺谷のモノが臨界点を超えた。

「くうううううっ！」

「イクうううっ！」

　同時に叫び、二人は同時に達していた。

さすがに三回目とあって量は少なかったけれど、脈動はいつも以上に生命を感じさせた。寺谷が、芽依の上に崩れ落ちる。芽依は、寺谷の分身を強く締めつけた。

「もう。強引なんだから」

寺谷は答えなかった。見ると、寺谷は眠りに落ちていた。おやおやだ。彼と関係を持ってから、もう何回寝たかわからない。それでも、行為の後に眠ってしまう姿を見るのははじめてだった。

芽依は寺谷の下からそっと抜け出すと、彼に布団を掛けてあげた。やはり、疲れているのだろう。男性は、疲れるとベッドでも元気がなくなるけれど、疲れが一定水準を超えたら、かえって止まらなくなると聞いたことがある。今日の寺谷が、まさにそのような状態だったのだ。それでもいい。使いものにならなくなるより、ずっといいではないか。

芽依はバスルームに入って、情交の痕跡《こんせき》を消した。寺谷はよく眠っている。今日は、買い物も食事もなしだ。

本当は、そんなものは必要ないのだ。彼がごちそうしてくれる高級な食事や、高価なプレゼント。確かに嬉しい。けれど、自分が最も欲しているのは彼の温もりであり、ベッドでの快感だ。芽依が愛しているのは寺谷本人であり、寺谷の財布ではないのだから。

月曜日。芽依は朝から落ち着かなかった。コーンスープとクロワッサンの簡単な朝食を摂りながらも、時計をちらちらと見てしまう。

全国支店長会議は、三階の会議室で行われる。芽依が勤務しているのは五階だから、会議に出席する寺谷と、社内で顔を合わせることはない。だから今日彼と会えないのは織り込み済みだし、いつもと同じだ。

それなのに、今日に限っては妙に気になっていた。彼の顔を見たい。そんな欲求が頭から離れないのだ。

どうしてだろう。昨日、昼間は抱かれても夜の行為はなかったから、不満なのか？――そんなことはない。昨日は、むしろいつもより激しく交わった。

では、寺谷がかつてないほど疲れた顔をしていたからか。――考えられる。愛する男が滅入っているのなら、傍にいてあげたいと思うのは、女として当然のことだ。

綺麗な仮説だけれど、芽依は納得していなかった。昨日の話だと、事故のリカバーはほぼ済ませているようだった。今から快方に向かうことはあっても、その逆はなさそうだ。

それとも、支店に損害を与えてしまったから、全国支店長会議で責められるのが心配だからか？――違う。今回の事件では、彼は完全なる被害者だ。むしろ、見事な対応で顧客の信頼をつなぎ止めた。叱責されるどころか、表彰されてもいい成果ではないか。

芽依は一人頭《かぶり》を振った。わからない。わからないけれど、気になっている。わからないからこそ、気になっている。あきらめて、出勤の準備をすることにした。

歯を丁寧に磨いて、化粧する。会社では制服に着替えるから、服装はどうでもいいようなものだけれど、都心に出なければならないから、ある程度はきちんとした恰好をしなければならない。寺谷に買ってもらったジャケットに袖を通す。イタリア製の腕時計――これも寺谷が買ってくれたものだ――を左手首に装着すると、準備完了だ。

芽依はいつもどおり、十分なゆとりを持ってアパートを出た。アパートから最寄り駅までは、歩いて十二分。駅からは、四十分程度で会社に着く。

満員電車に揺られながら、まだ芽依の気持ちは晴れない。自分は、いったい何が気になっているのか。なぜ寺谷に会いたいと思っているのか。窓の外をぼんやりと見つめながら、考えを巡らせた。

トンネルに入った。外が暗くなり、窓が鏡に変わる。電車の窓は、芽依の姿を映し出していた。モノクロの自分を見ているうちに、芽依の頭を電流が走った。

――そうか。

芽依は、引っかかっていたものの正体に、ようやく思い至った。

今朝の、自分の姿。寺谷に買ってもらったジャケットを着て、寺谷に買ってもらった腕時計をはめている。どちらも、高価な品だ。加えて、月に一度の逢瀬の度に、豪華なディナーに連れて行ってくれる。若くて安月給の芽依は、「支店長って、たくさん給料をもらってるんだな」としか思わなかった。けれど、ちょっともらいすぎではないのか？

彼は、家族を養わなければならない。子供の学費だって、バカにならないだろう。それなのに、愛人に大金をつぎ込んで、やっていけるのか？

ぞくりとした。自分は、いったい何に触れた？

ダメだ。これ以上考えるな。

理性が必死に止めようとするのに、思考は勝手に進んでいく。ウチの会社は、全体的にいい加減にできている。書類の類《たぐい》は、よく確認もしないまま捺印される。体育会系のノリで、結果オーライ。そんな会社だ。保険未加入のミスは、会社の体質が最悪の形で出てきてしまった例ではないのか。

そして自分だ。窓に映った自分の姿。たかが愛人にこれほどの出費を可能にする資金は、どこから出ている？

すうっと足元から力が抜けていく感覚があった。寺谷は、会社の金を横領していた？

彼は、ずさんな会社の資金管理に目を付けて、横領を思いついた。名古屋という重要な拠点の支店長に抜擢《ばってき》されるほどの人物だ。本気になれば、よほど慎重に調べないと露見しないくらいの工作を施せるだろう。今までは、うまく隠蔽《いんぺい》できていた。彼が順調に出世して、自分にプレゼントできていたことが、それを証明している。

しかし、貨物船の転覆が、すべてを変えた。

保険未加入のミスで会社は大損害を被り、損害を取り返すために各部署で締めつけが厳しくなるという。締めつけが厳しくなるということは、細かい金の使い方をチェックされるということだ。それは、今までずさんなチェックで見逃されていた横領が、露見してしまうことを意味している。寺谷は、台風による船の遭難という、はるか彼方で起こった事故がきっかけで、自らのキャリアが終わってしまうことを知っていたのだ。

だから、生気のない顔をしていた。

だから、激しく自分を抱いた。なぜなら、もう二度と抱くことはできないから。

くだらない妄想だと思いたかった。けれど、考えれば考えるほど、他に可能性はないと思えてくる。

電車がターミナル駅に着いた。会社へは、駅から歩いて十分足らずだ。

けれど芽依は改札を抜けなかった。別の路線に乗り換えた。二駅先へ行くためだ。つまり、寺谷が投宿しているホテルのある、あの駅へ。早めにアパートを出たから、今から行っても間に合うはずだ。

駅に着いた。この路線は、下りのホームから上りのホームへ行くには、一度階段を上らなければならない。焦る気持ちを抑えながら、それでも小走りで移動した。

上りホーム。その端。ホテルの窓から見える場所だ。芽依は視線で目的の影を捜した。いた。がっちりとした身体つき。遠目でも間違えようがない。寺谷だ。

寺谷は、ホームに背を向けてスマートフォンをいじっていた。夢中になって、液晶画面に見入っているように見える。そこに、アナウンスが流れた。

『まもなく、三番線に、上り電車が参ります。黄色い線の内側に、お下がりください』

寺谷が顔を上げる。スマートフォンを通勤鞄にしまい、ホームに向き直ろうとした。

そのとき。寺谷の頭が非常ボタンに激突した。離れた場所に立つ芽依にも聞こえるくらい、激しい衝突音。

寺谷が頭を押さえた。体勢が大きく崩れる。たたらを踏んでよろめいた。ふらふらとホームの端に近づき——。

落ちた。

次の瞬間、銀色の電車がホームに滑り込んできた。激しいブレーキ音がしたけれど、遅かったようだ。電車は、寺谷の上を通り過ぎた。

ホームは騒然となった。誰も彼もが興奮した様子で、目の前の人身事故を見つめていた。

しかし、芽依は妙に冷静だった。

寺谷は、ホテルの窓から、行き交う電車を見つめていた。そして、電車が入るホームも。見ているうちに、ホームで非常ボタンに頭をぶつける光景を頻繁に見ることに気がついたのだ。そのときは気にも留めなかったけれど、横領犯であるやましさが、その光景を心の奥底に刷り込んでいたのだろう。そして危機が現実のものとなったとき、表層意識に浮上してきたのだ。

あれを利用すれば、事故に見せかけて自殺できる。

真実がすべて白日の下に晒《さら》され、自分の犯罪が証明されてしまうと、自分のキャリアは汚《お》辱《じょく》にまみれて終わってしまう。懲戒解雇は間違いないし、当然、賠償請求もされるだろう。家族を養うどころではない。

でも、死んでしまえば？　本人の事情聴取ができない以上、追及は「疑いが濃い」で終了せざるを得ない。横領犯の不名誉は逃れられる可能性が出てくるのだ。

しかも、通勤途中の事故だ。通勤時間帯のホームだから、目撃者には事欠かない。会社からは労働災害扱いされる。死亡退職金も割り増しで支払われるし、原因は非常ボタンに頭をぶつけたことだ。おそらくは、今までにも何人もが同じように頭をぶつけていたという証言が得られるだろう。だとすると事故は、問題を放置していた鉄道会社の怠慢が原因で起こったとされる可能性もある。そうなったら、家族は鉄道会社からも補償金を受け取れるかもしれない。今日の時点で寺谷が死んだら、彼が護《まも》りたいものは、すべて護れるのだ。

だから、電車に飛び込んだ。自殺とは見えないように策を弄して。

寺谷の目論見《もくろみ》は、まんまと当たるかもしれない。けれど、芽依にとってはそんなことはどうでもよかった。

「意気地なし」

芽依は一人つぶやいた。

「横領がどうだっていうの？　そんなもの、鉄面皮《てつめんぴ》でしらを切り続ければいいことじゃない。どうして絶望しなけりゃならなかったのよ」

ホームは人身事故のため騒然としている。だから芽依のつぶやきを聞く者は誰もいない。

芽依は一人で虚空《こくう》に向かって喋り続けた。

「バカ。あんたはそれでいいかもしれない。でも、あんたが護りたいのは、家族だけなんだよね。愛人であるわたしは、守備範囲外。ただ、自殺の直前に、せっかくだからと犯しまくる対象になっただけ。わたしって、その程度の存在だったの？」

涙は出なかった。悲しくも、悔しくもなかった。ただ、その程度の男を愛した自分を、まだまだ未熟だと思っただけだ。

「わたしは、幸せになるよ」

芽依は、ホームの下でバラバラになっているはずの寺谷に話しかけた。

「これでも、一応美人だからね。胸も大きいし。男が好きになるのには、十分でしょ。あんたなんか忘れてしまって、もっといい男を見つけるんだ」

口に出してしまうと、さっぱりした気がする。よし。切り替えは、できた。

電車はしばらく動かないだろう。駅を出て、タクシーを捕まえなきゃ。芽依は、改札口に向かって足を踏み出した。

——ああ、その前に。

芽依はホームに設置されたゴミ箱に向かった。着ていたジャケットと、左手首の腕時計をゴミ箱に捨てた。

さあ、会社に行こう。

カントリー・ロード

彼は、なぜ乗せてくれたのだろうか。

ただの、親切心から？

＊

五十嵐《いがらし》がエンジンをかけた。助手席の美結《みゆ》がシートベルトを締めていることを確認してから、サイドブレーキを下ろす。

「じゃあ、行こうか」

「うん。お願い」

そっと車を発進させる。夜中だから周囲に気を遣ったのではなく、単にその方が燃費がいいからだと、五十嵐は言っていた。

ラブホテルの敷地から国道に出る。それほど交通量は多くない。この辺りでは午後九時を過ぎると、帰宅の渋滞も解消されているようだ。一般道だからときどき信号に捕まるけれど、ストレスなく運転できる。

と思ったら、また車の数が多くなってきた。左右を見回すと、市街地に入ったようだ。赤信号で車を止めたタイミングで、美結は右手を伸ばした。サイドブレーキの上から、運転席へと。五十嵐の股間に触れる。軽く握って前後させると、硬くなっていくのが、チノパンの生地越しに伝わってきた。

「おいおい」

五十嵐が呆れたように言う。「まだ、出発したばかりだよ」

「いいじゃない。サービス、サービス」

チノパンのボタンを外し、ジッパーを下ろす。ボクサーパンツのゴムを押し下げると、五十嵐の男性自身が飛び出てきた。

自分のシートベルトを外す。と同時に信号が青になったのか、五十嵐が車を発進させた。身体が後方に持って行かれ、腹に頭突きしそうになったけれど、シートをつかんで体勢を維持した。

五十嵐の膝の上に顔を乗せる。この車は、サイズのわりには背が高い。だからよほど注意して中を覗こうとしないかぎり、五十嵐の下半身に顔を伏せる美結を、外から見つけることはできない。安心して、美結は五十嵐のものをこすった。みるみるうちに熱さが増してくる。

五十嵐は少しだけ腰を前にずらして、美結が触りやすいようにしてくれた。

シフトレバーに触れて動かさないよう気をつけて、身体をさらに運転席側に移動させる。唇を股間の中央部に沈めた。先端にキスする。出発直前にシャワーを浴びてきたから、臭いはない。

五十嵐の分身が反応して動いた。しかし車の動きは乱さない。その冷静さがいい。美結は硬いものにたっぷり唾液を塗りつけて、口に含んだ。

「む……ん」

喉の奥から声が漏れてしまった。両手で根元を押さえて、舌を動かす。舌の表面が亀頭をこする感覚に、五十嵐も息を漏らした。

頭をゆっくりと上下させる。低いエンジン音に、唇と舌と唾液が立てる、いやらしい音が混じった。自ら発した音で、美結自身もまた、気持ちが高まっていく。

強く吸った。脚に力が入るのがわかったけれど、アクセルとブレーキの操作に影響はないようだ。

ゆっくり楽しませてあげるつもりだったけれど、こちらの方が熱くなってきた。右手を五十嵐の股間から外して、自分の股間に持っていった。下着の上からまさぐる。ツンとした快感が背筋を走り抜けた。慌てて外す。いけない。今日いっぱい、この下着を着ていなければならないのだ。安直な行動で、汚すわけにはいかない。

再び両手で根元を固定して、頭を上下させた。亀頭が膨《ふく》れていくのがわかる。フィニッシュが近いのだ。掌《てのひら》を陰嚢《いんのう》に当てる。ゆっくりとほぐすように揉んだ。

「む……出そうだ」

「いいよ。出して」

いったん口を自由にして答えると、すぐに咥《くわ》え直す。激しく上下させた。放たせる動きだ。陰嚢がきゅっと締まった。

「うおっ！」

五十嵐が小さく叫び、口の中で弾けた。大量の精液が口の中に放出され、美結はすべて飲み込んだ。

「どう？　よかった？」

下から見上げる。五十嵐は前方を見たまま答える。「ああ。よかったよ」

本音らしい口調に、美結は少し安心する。あらためて放ったばかりのものを握る。綺麗にしてあげるためだ。根元からしごき上げ、尿道に残った精液を絞り出す。そして亀頭を丁寧に舐《な》めて、射精の痕跡《こんせき》を消した。これでよし。

まだ硬さの残るものを丁寧にボクサーパンツの内側にしまう。チノパンのジッパーを上げて、ボタンを留め直す。そのまま、膝枕してもらうように寝ころんでいた。

なにしろ、無料で乗せてもらっているのだ。

このくらいはサービスしてあげないと。

それにしても、よく拾ってくれたと思う。

深夜一時の第一京浜。美結はリップスティックで『西へ』と書いたガーゼハンカチを、通り過ぎる車に掲げて見せた。信号が青の間は、どの車も無視して通り過ぎる。赤信号になっても、運転手はこちらを見ないよう、目を逸《そ》らしていた。

それはそうだろう。終電もなくなった深夜に、見ず知らずの人間を乗せてくれるような奇特な奴が、そうそういるわけがない。いくらこっちが若い女だとしても。いや、若い女であるだけに、かえって危険だともいえる。邪《よこしま》な期待を抱いて車を止めたら、隠れていた凶暴な男たちが襲ってくるかもしれないのだから。わかっているのだ。それでも自分は、こうするしかない。

三十分ばかり続けていたら、ついに止まってくれた車があった。国産の小型車だ。品川ナンバー。左ウィンカーを点滅させながら美結の傍《そば》まで来て、停車した。左ウィンカーがハザードランプに変わる。

助手席側の窓が開いた。助手席には誰も乗っていない。

「どうしましたか？」

運転席から男性が声をかけてきた。暗い外灯に照らされて、顔が見えた。まだ若い。二十六歳の自分と同じか、少し下くらいだろうか。

「あ、あの」すぐに言葉が出てこない。なんとか車を止めようとしていたにもかかわらず、実際に止まってくれたときに、どう説明するか考えていなかったのだ。

「あの、西の方に行きたいんですが」

「西」

運転席の男性が繰り返す。「西って？」

「あの」美結はつっかえながら答えた。「広島です」

「広島？」

今度の声には、面白がるような響きがあった。「広島まで、ヒッチハイクで行こうとしてるんですか？」

「え、ええ。なんとか、乗り継いで」

男は答えなかった。代わりに、車が答えてくれた。がしゃりと音がして、ドアロックが外れたのだ。

「乗ってください」

望みどおりの展開であるにもかかわらず、美結はためらった。見知らぬ男の車に乗り込むのだ。若い女としては、躊躇《ちゅうちょ》するのは当然だ。けれど、ここまで来たら乗らないという選択肢はない。ドアノブに手をかけて、ドアを開けた。後部座席を見る。誰も乗っていなかった。代わりに、ボストンバッグが置いてある。ハッチバックのトランクスペースに、スーツケースが立ててあるのが見えた。

乗り込んで、ドアを閉める。煙の臭いがわずかに鼻をついた。男性は、煙草《たばこ》を吸うのだろうか。

「シートベルトを」

男性が言い、美結は従った。唯一の荷物であるハンドバッグは、膝の上に載せた。財布とハンカチ、それから外でひき直すためのリップスティックしか入っていない。

「行きますよ」

男性はハザードランプを切って、右ウィンカーを点《つ》けた。そして車の切れ目で発進させる。第一京浜を川崎方面に向かって進んでいった。

「あなたは、運がいい」

運転しながら、男性はそんなことを言った。

「えっ？」

美結が訊《き》き返すと、男性は顔をこちらに向けた。笑顔だ。

「僕は今から、故郷に帰るところなんですよ」

「故郷」美結は瞬《まばた》きした。「どちらですか？」

男性はシンプルに答えた。「福岡です」

「福岡、ですか」

福岡とは、九州の福岡県のことだろう。それにしては、男性の言葉遣いは完全な標準語だ。九州訛《なま》りはない。こちらに来て、長いのだろうか。

お国訛りはともかく、男性の言いたいことは理解できた。東京から福岡へ車で行こうとするならば、途中で広島を通る。男性が「運がいい」と言ったのは、そのことを指しているのだ。

「ただし」男性は付け加えた。「時間がかかります。お金がないんで、高速道路は使いません。下の道をとことこ走っていきます。ですから、お急ぎなら、始発が出る時間に近くの駅に降ろしますから、新幹線を使ってください。それとも飛行機か」

「あ、いえ、わたしも、急いでいませんので……」

こうして、奇妙な二人旅が始まった。

男性は、五十嵐と名乗った。それ以上のことは、美結も訊かなかった。訊いてしまうと、こちらも答えなければならなくなるからだ。そして出会ったばかりでは、雑談が弾むわけもない。二人とも黙ったまま、漆黒《しっこく》の国道を進んでいった。

現在の状況が不思議だった。ほんの数時間前までは、普通の日常があった。交際している久保島《くぼじま》と、一緒に夜を過ごすはずだったのだ。

それなのに自分は今、着の身着のままで、知らない男の車に乗っている。しかも、二人きりだ。人気《ひとけ》のないところで車を止められて、襲いかかられたらどうしようもない。そして、無理やり犯されるのだ。

犯される——。

隣で運転する男が自分に押し入ってくるシーンを思い浮かべ、美結は身を固くした。恐怖からだったけれど、それ以外の成分が含まれていることも理解していた。身体の芯で燃えている熾火《おきび》。そこに空気が吹き込まれたのだ。

五十嵐が車を止めた。思わず身を震わせたけれど、ただの信号停止だとわかって、ホッとする。

「基本的には、夜の間に動きます」

五十嵐はそう言った。

「昼間は、道路が混んでいますから。帰宅の渋滞が終わる頃に出発して、朝の渋滞が始まる前に、その日の移動を終えます。昼の間に、寝ます」

完全な昼夜逆転ということか。経験はないけれど、反対する権利は、今の美結にはない。

「はい、それでいいです——でも」

「でも？」

「どこに泊まるんですか？」

今の五十嵐の話からすると、朝七時くらいには、運転をやめて宿に入らなければならない。しかしホテルのチェックインは、たいてい午後二時か三時だ。それまでの時間、五十嵐はどうするつもりなのだろう。車内で寝るというのか。

「うーん」

五十嵐は指先で頬を掻《か》いた。

「一人だと、考えていることはあったんですが……」

言葉を濁した。それで、美結には察しがついた。ラブホテルだ。ラブホテルは二十四時間営業だし、昼間はフリータイムといって、長時間を安価で借りられるシステムがある。昼間休んで夜に活動する人間には、普通のホテルに投宿するより、使い勝手がいい。福岡まで一般道だけで何日かかるのかわからないけれど、高速道路を使うより、かなり安く上がることが想像できた。

　おそらく美結の脳が理解したのではなく、身体の熾火が教えてくれたのだろう。美結は、自らに対してするように、うなずいた。

「わたしも、それでいいです」

　口調でニュアンスが伝わったのか、それとも理解のオーラが出ていたのか、五十嵐は少しの間黙った。そして、ゆっくりと答えた。

「わかりました。では、そうさせてもらいます」

　愛知に入ったところで、朝が来た。交通量が増えていく。五十嵐は、まずコンビニエンスストアに立ち寄った。

「食事を買っておきましょう」

　二人で弁当を選んだ。弁当は、朝食分と夕食分がいる。もちろん別会計だ。美結は財布の中身を確認した。現金が三千円と少し、それからクレジットカード。安い品を選び、必ず必要になる、予備の下着も買い物カゴに入れた。一着分だけだ。洗濯洗剤は買わない。ラブホテルのボディソープで洗えばいい。車内に干させてもらえれば、一日で乾くだろう。通勤着は着たきりだけれど、これは仕方がない。ずっと車の中なのだから、多少よれても関係ないわけだし。支払いは、現金で済ませた。

再び車を出した五十嵐は、ラブホテルが見えると速度を落として、看板の値段を確認した。数軒やり過ごして、そこそこ新しそうで、そこそこ安いホテルに車を入れた。

「お疲れさまです」

「どうも、ありがとうございました」

五十嵐が買ったビールで乾杯した。時間的には朝食だけれど、行動としては夕食だ。二人でビールを飲み、コンビニエンスストアの弁当を食べた。簡単な食事を済ませると、シャワーを浴びることにした。

「お先にどうぞ」

美結はそう言った。当然のことだ。夜中にずっと運転してくれたのだ。しかも、ホテル代を出してもらっている。先を譲るのは当然だ。それだけではない。先に入ってしまうと、自分の痕跡がバスルームに残ってしまう。その状態で男に入られたくなかった。

「わかりました」

察してくれたのか、五十嵐は遠慮することなくバスルームに向かった。ボストンバッグはもちろん、財布も、車のキーも置きっぱなしだ。シャワーを浴びている間に、自分が貴重品を奪って逃げるかもしれないとは、考えないのだろうか。ヒッチハイクしているような女なのに。危機管理がなっていないのか、それとも「逃げたらどうなるか、わかっているんだろうな」と思っているのか。

美結は自分の考えにハッとなった。そうか。このまま車に乗って逃げるという手もあるか。今さら窃盗くらい、どうということはないのだから。

いや――。

美結は心の中で首を振る。決して実践してはならない。通報されて非常線が張られたりしたら、県境を越える前に捕まってしまうのは明らかだ。やぶ蛇という言葉が正しいのかどうかわからないけれど、こうやって五十嵐に運んでもらうのが、自分にとって最上の選択だった。

五十嵐がバスルームから出てきた。男が髪を乾かしている間にスーツを脱いで、備え付けのハンガーに掛ける。下着姿でバスルームに入った。中で下着を脱いで、ボディソープで洗う。タオル掛けに引っかけて、備え付けのアメニティグッズで化粧を落とした。シャワーを浴びる。これから起こるだろうことを考えて、全身を丁寧に洗った。

身体を拭くと、下着をつけずにガウンだけ羽織り、洗面台で歯を磨く。見ると、一本使った形跡があった。五十嵐も歯を磨いたのだろうか。よく見ると、洗口液も使っている。美結も倣《なら》って洗口液でうがいした。相手に口臭を嗅がせるわけにはいかない。タオルで口元を拭いて、バスルームを出た。

五十嵐はベッドに寝ころんでいたが、眠ってはいなかった。美結が姿を現すと、身を起こした。隣に腰掛ける。

目が合った。出会ったばかりの男に、化粧を落とした顔をさらす。

五十嵐が襲いかかってきたわけではない。美結の方から露骨に誘ったわけでもない。深夜に、男の車にのこのこ乗り込んでくるくらいだから、覚悟はしているんだろうと思ったのかもしれないけれど、五十嵐はごく自然に美結を押し倒した。

ガウンの前をはだけると、シャワーを浴びて上気した乳房が転がり出てきた。美結は抵抗しなかった。左の乳房に、掌が被《かぶ》さってくる。ごつごつしていない、ホワイトカラーの手だ。円を描くように動かされると、掌の中で乳首に電気が走ったような感覚があった。身体の奥の熾火が炎を上げる。

「あ……」

思わず声が出てしまう。嫌がっていないと判断したのか、五十嵐の身体が覆《おお》い被さってくる。右の乳首を口に含まれた。吸われる。今度こそ、電気が走った。

「あうっ！」

五十嵐の愛撫は巧みだった。触れるか触れないかの力で美結の身体を撫でる。手が脇腹を撫でたとき、身体が跳ねた。それで脇腹がポイントだとわかったようだ。五十嵐の口が乳房から離れ、脇腹に移動した。舐められた。鳥肌が立つような快感があった。

「あっ！　ダメっ！」

思わず止めようとするけれど、手が届かない場所に五十嵐の頭はある。腰骨を伝って快感は股間に伝わっていき、その度にじゅんと音を立てて液体がにじみ出てきた。すると、まるで音が聞こえたように、五十嵐の指が股間を捉えた。今度はじゃりっという、陰毛を指がこする音が響く。

脇腹から腰骨を、舌が這《は》っていく。指が股間を撫でていく。先端の突起を捉えたとき、美結はしゃっくりのように息を呑んだ。

「うあっ、もうっ、もうっ！」

たまらずそう言った。五十嵐は脇腹への攻撃をやめたが、すぐには貫かなかった。顔を美結の股間に埋めて、舌で一気に舐め上げたのだ。

「ひゃうっ！」

強い刺激に、身を強張《こわば》らせた。裂け目に沿って、舌が何度も往復していく。

「いやっ！　ダメっ！」

両手で五十嵐の頭を押さえる。しかし男の身体はびくともしない。舌が入れられた。唇と舌で、最も感じやすい場所をつままれる。

に突っ張った。

「ひいっ！」

美結は叫んだ。それしかできない。五十嵐は休まなかった。敏感な部分を吸われながら、指を入れられた。指がカギ状になり、内壁をこすった。脳が収縮する感覚。両脚が棒のよう

「くうっ！」

軽くイッてしまった。

どうしたのだろう。いつもの自分は、これほど感じやすくない。不感症というわけではないけれど、久保島とのセックスでは、感じたふりをすることもしばしばだ。それなのに今日は、数時間前に出会ったばかりの男に、簡単にイカされてしまった。

やはり、昨夜《ゆうべ》の出来事が影響しているのだろうか。ぼんやりとそんなふうに考えたけれど、思考は長続きしなかった。五十嵐が先端をあてがったからだ。そのまま、ずぶりと差し込まれていく。

「ひいいいっ！」

太いものが埋め込まれていく感覚に、再び頭が真っ白になった。五十嵐のものは、大きすぎず小さすぎず、ちょうどいい按配《あんばい》で美結の中に納まった。

五十嵐が動き始めた。腰を前後させながら、身をかがめて乳首を吸う。上下を同時に攻め

られて、美結はまた高い声を上げた。

「あうっ！　いいっ！」

ベッドシーツをつかんで、首を振りたくる。その体勢も長くは続かず、五十嵐は美結の左脚を抱えあげた。大きく股間を開かせ、横身になった美結を突いた。

「ひはあっ！」

この体勢だと、Ｇスポットに先端が当たる。力強くこすられる感じに、美結はもう何も考えられなくなった。

「あっ！　あんっ！　もうっ！　もうダメっ！」

「おうっ！　こっちも！　いくぞっ」

はじめて、五十嵐が声を上げた。

「いいっ！　来てっ！　来てえっ！」

五十嵐が腰のグラインドをさらに加速させた。ぱんぱんという肉が肉を打つ音が、部屋の中に響いた。また脳が収縮していく感覚。そして一気に破裂した。

「くあああああっ！」

「おうっ！」

美結が絶頂を迎えたとき、五十嵐もまた放っていた。胎内に感じる脈動。そのまま、五十嵐は美結の上に崩れ落ちた。美結もまた、今まで張り詰めていたものが緩む感覚があった。五十嵐の体重を感じながら、美結は眠りに落ちていった。

日付が変わった。昼夜逆転の生活だから、ちょうどお昼時に当たる。

「休憩がてら、飯にしようか」

五十嵐がそう言った。

「ここって、どこらへん？」

「まだ三重を出てない。この後、ちょっとだけ京都を通って、そこから大阪に入る」

三重か。広島までは、まだまだかかりそうだ。

ずっと座りっぱなしでは腹も減らないけれど、一応ちゃんと食事は摂った方がいいだろう。

「食べようか」と短く答えた。

「どうしよう」五十嵐が前を向いたまま言った。「二十四時間営業のファミレスにでも入るか、またコンビニの弁当にするか」

「うーん」考えるふりをした。本音を言えば、ファミリーレストランよりもコンビニエンスストアの方が、都合がいい。けれどホテルで食べたのも、コンビニ弁当だ。しかも、二食。同じでいいというのは、女としては不自然だろうか。

「別に、コンビニでもいいよ。五十嵐さんがファミレスに行きたいのなら、文句はないけど」

そう答えておいた。五十嵐は特に怪しむこともなく、フロントガラスに向かってうなずいた。

「オッケー」五十嵐が道の左右を見回した。「今のところ、どちらもなさそうだ。先に見つかった方にするか」

「いいよ」

残念ながら、しばらくの間、深夜営業のレストランもコンビニエンスストアもなかった。京都に入ってからかなり経って、ようやく開いているファミリーレストランを見つけた。が ら空きの駐車場に車を止める。車を降りると五十嵐は軽くストレッチをして、運転中に強張った筋肉をほぐした。

「行こっか」

五十嵐の腕に自分の腕を絡める。五十嵐は驚いたように目を大きくしたけれど、振り払いはしなかった。

あまり空腹を感じなかったから――本当の理由は安価だから――パンケーキを注文した。五十嵐はスパゲティボロネーゼだ。料理を待っている間、美結はテーブルの上で五十嵐の手を握った。

「本当に、ありがとね」

五十嵐は口元だけで笑う。「なんの。袖振り合うも多生の縁だ」

若いのに、渋い言葉を知っている。手を握ったまま、窓の外を見た。

「今日は、どれくらい行けるかなあ」

「そうだな」五十嵐もまた、窓の外を見る。「はっきりした目算はないけど、岡山に入れれば上出来だろうな」

「岡山」

岡山といえば、広島の隣の県だ。とはいえ、ゴール間近という感じもしない。岡山は東西に長いし、目的地の広島市は、どちらかといえば山口寄りの場所にある。今夜いっぱいと、明日の夜もそれなりの時間がかかることを覚悟した方がいいだろう。

料理が運ばれてきて、美結は男の手を離した。ウエイトレスが料理を置いて、「ごゆっくり」とつっけんどんに言って立ち去った。客の方を見ようともしない。客の男女がべたべたしているのが面白くないのだろうか。

どちらもひと皿料理だから、簡単に食べてしまえる。長居することなく、ファミリーレストランを出た。駐車場脇の自動販売機で缶コーヒーを買って、再び広島——正確には福岡へ向かって走り出した。

　さらに二時間ほど走ると、大阪市内に入った。さすが大都市。深夜でもそこそこ車が走っている。美結はまたシートベルトを外した。五十嵐のひざの上に頭を持ってくる。

「疲れたでしょ。またやってあげようか」

　返事を聞く前から、美結は五十嵐の股間をこすり始めた。あっという間に硬くなっていく。

「やたらと、やる気だな」

　五十嵐が呆れた声を出した。美結は下から男を見上げる。

「後悔した？　こんなスケベな女を拾っちゃって」

「別に、後悔はしてないけど」

「けど？」

「口だけじゃ、収まりがつかない」

　五十嵐はカーナビゲーションシステムを操作して、周辺の状況を確認した。そして美結に股間をいじらせたまま、近くの交差点を左折した。大阪には土地勘がまったくない。どこをどう走ったのかわからないけれど、気がついたら海の近くに出ていた。道路の左右に、コンテナがたくさん積まれている。外灯も少なく、車の行き来はない。五十嵐はコンテナの陰に隠すように車を止めた。

「こんなところか」

サイドブレーキを引いて、エンジンを切った。美結に身体を起こさせた。自分のシートベルトを外して、自分の方から助手席の方に移動した。先ほどと逆のパターンだ。レバーを操作して、背もたれを倒す。フルフラットになる仕様なのか、背もたれはほとんど水平になるまで倒れた。

仰向《あおむ》けになった美結の脚を軽く開かせ、自分はその間に入った。のしかかってくる。唇が合わさった。

考えてみれば、ホテルであれほど激しく交わったくせに、キスはしなかった。キスは愛撫であると同時に、愛情表現でもある。初対面の相手に、いきなりキスすることはためらわれたのだろうか。そしてセックスという通過儀礼を経て、あらためて男と女として向き合った。そんな感覚があるのかもしれない。事実、身体の関係ができてしまった後は、自分も五十嵐も、敬語を使わなくなっている。

唇がこねられた。

「う、ん……」

熱い息が漏れる。先ほどまでの行為で、美結の身体にも火がついている。キスされただけで、股間が潤むのがわかった。自分からシャツのボタンを外す。前をはだけた。

ブラジャーの上から、胸をまさぐってくる。唇は合わさったままだ。舌が入り込もうとしてくる。反射的に歯を閉じた。すると舌先は、美結の歯茎を舐めた。予想外の感覚に、顎《あご》の力が緩む。その隙に、舌がするりと入り込んだ。舌と舌が絡み合う。

「む……」

喉の奥でうめいた。五十嵐が舌を硬く尖《とが》らせ、美結はまるでフェラチオするように、男の舌を吸った。息が苦しくなり、唇を離して大きく息を吸う。その頃には、もう五十嵐の舌は移動していた。首筋を舐められたのだ。

ぞくぞくとした快感が脳を揺さぶった。左の首筋だ。頸動脈《けいどうみゃく》に沿って肩口まで舐め下ろした舌は、今度は耳の方に向かって這い上がっていく。耳の下まで舐めたところで、耳たぶを咥えた。軽く歯を立てられる。

「あ……いや……」

拒否しているわけではない。五十嵐も理解しているようで、甘噛みを繰り返しながら、耳の穴に舌を差し込んできた。ずるり、という音とも感触とも取れる刺激が、脳に直接響く。

頭を傾けて逃げようとするが、五十嵐は両手で美結の頭をつかみ、またキスしてきた。貪《むさぼ》るようなキス。

「む……うん……」

男の舌を受け入れながらも、美結は右手を伸ばした。手探りで股間を探し当て、チノパンの上から揉んだ。五十嵐の男性自身は、すでに陰影がつくのではないかと思ってしまうくらいに大きくなっている。強く握った。厚手の布越しからも、びくんと震えるのがわかった。

五十嵐は美結の鎖骨を舐めながら、軽々と美結の背中を浮かせて、ブラジャーのホックを外した。締めつける力を失ったブラジャーは、簡単に乳房から離れてデコルテに移動する。大人二人の熱気が充満する車内に、乳房が解放される。狭い車内では自由に動くことはできない。五十嵐は、シャツまでは脱がせなかった。

五十嵐が、左の乳首を咥えた。とっくに硬くなっていたそれは、敏感に反応する。

「あん……」

外灯の光は、ほとんど車内に入ってこない。だから五十嵐の動きは、身体に触れる感触でしかわからない。両方の乳首を交互に舐められながらも、身体中を前触れなく触れられた。その度に反応してしまう。昨日のセックスだけでは、五十嵐の行動パターンまでは把握できない。予想できない動きが、快感を倍加させていた。

唇が乳首から離れた。頭部が下がっていく。

「あ……」

やや不満げな響きがあっただろうか。けれど五十嵐はやめてしまったわけではなかった。

狭い足元に身をかがめるようにして、美結の靴を脱がせた。そして腰の下に左手を回して浮かせる。右手を尻に持っていき、するりとショーツを下ろした。右足は抜けたけれど、左足首に引っかかったままだ。五十嵐はかまわず、両脚を持ち上げ、そのまま美結の身体を折りたたんだ。股間が男の目に晒《さら》される。

「いやっ！」

両手で股間を隠したが、簡単に外された。すでに濡れている部分を、五十嵐が舐め上げた。

「うひっ！」

小振りなシートの上では、動ける余裕がない。ましてや、太股が腹につくほど折り曲げられている。ただ、男に愛撫されるに任せるしかない。絶え間なく与えられる刺激に、美結はいつしか両手で自分の太股を抱えて、男が舐めやすいよう協力していた。

「あ……」

男の舌が、股間から離れた。身体がのしかかってくる。美結の腰を抱えて位置を調節すると、硬いものを差し入れてきた。

「ひあっ！」

狭い車内に、甲高い声が響く。五十嵐が身体を倒して、美結にキスしてきた。女の愛液にまみれた唇を受け入れる。再び舌が絡み合う。

車の中では、動きが極端に制限される。五十嵐は美結の曲げられた膝を押さえ、斜め上から腰を打ち込むしかない。しかも五十嵐のチノパンは、太股のところまで下げられただけだ。ほぼ真っ直ぐにしか動けない。しかしその不自然な体勢に、美結の身体は激しく反応した。

「ああっ！　いいっ！」

「おうっ。こっちも、いいよ！」

五十嵐が、単純な、しかし熱い動きを繰り出してくる。そして数少ない体位の変化をみせた。美結の両脚を抱え上げ、自らの肩に乗せたのだ。そして、ほぼ真上から腰を沈めていった。奥まで届く感覚に、美結は身をよじった。

「うわっ！　わっ！　わっ！」

意味のない言葉を吐きながら、美結は首を左右に振りたくった。両手で乳房をつかまれた。指の間に乳首を挟んで締めつけられると、美結はもう何も言えなくなった。

「うあっ！　うわっ！」

「うっ！　うっ！」

二人の声が錯綜《さくそう》する。男の遠慮のない動きに、熱い塊《かたまり》のようなものが背骨を這い上がってくるのを感じた。熱い塊は、脳に到達して、脳そのものをわしづかみにした。そして、脳が弾けた。

「うあああああっ！」

「おおおっ！」

美結は立て続けに達していた。同時に、五十嵐も放っていた。不規則な脈動と共に、放出される液体。美結の受け入れた部分は、残りの一滴までも搾《しぼ》り取ろうとするかのように、五十嵐をきゅっと締めつけた。

大きな息を吐いて、五十嵐の身体がのしかかってきた。美結を抱きしめ、キスをする。頭を少し横にずらし、お互いの耳が接するような場所に頭を下ろす。身体は、抱きしめられたままだ。

二人ともつながったまま、しばらく動かなかった。美結に限っていえば、動けなかったのだ。はじめてのカーセックスは、自分には刺激が強すぎたのだろうか。過去のこともすべて忘れて、快感の波に揺られていた。

もう、このままでいいんじゃないか。

ぼんやりと、そんなふうに考える。広島なんて素通りし、五十嵐と共に福岡に行く。彼の目的が一時的な帰省なのか、完全なUターンなのかはわからない。でも、このままずっと五十嵐と行動を共にしてもいいのではないか。だって、こんなに気持ちがいいんだし。本気でそう考えかけた。

しかし。美結の思考を現実に引き戻す声が響いた。

「美結さん」

五十嵐の声だ。彼が自分の名前を名乗ったとき、美結は名字を名乗らず、あえて下の名前を教えた。そのため彼は、自分のことを美結としか認識していない。だから五十嵐が自分を呼ぶときに「美結さん」と言うのは、ごく自然なことだ。

それでも呼ばれた美結は緊張した。なぜなら、彼が自分を名前で呼ぶのは、はじめてのことだったから。

「美結さん」

五十嵐はもう一度言った。今度は「はい」と返事をする。五十嵐は頭を美結の横に置いたまま続けた。

「美結さん。君は、人を殺してるね？」


頭が真っ白になった。

美結は背もたれを倒されたシートで、男の下敷きになっている。先ほどまでの行為の結果なのだけれど、自分が今どこで何をしているか、わからなくなっていた。ただ、つながったままの男の存在だけが、体内でリアルに感じられた。

人を殺してるね――。

五十嵐の声が、頭の中で反響する。いったい彼は、何を言っているのだろう。今の声は、本当に自分の耳で聞いたのだろうか。

「平日の深夜に、スーツ姿でヒッチハイクをする女性」

五十嵐は、頭を美結の横に置いたまま言った。こちらを見ようとしない。

「しかも、ヒッチハイクで広島まで行こうとするなんて。もちろん、訳ありだと思った。でも、詮索《せんさく》するのも恰好悪いから、訊かずにいた」

美結は五十嵐と出会った晩のことを思い出していた。確かに、彼は何も訊かなかった。

「電車が動く時間になったら最寄りの駅に降ろそうかと、僕は提案した。車を拾おうとしたときは、もう終電がなくなった時刻だったから、仕方がない。夜を過ごしながら、目的地まで少しでも近づけばいいと考えて、ヒッチハイクをしたとしても、まあおかしくはない。けれど君は、この車に乗り続けると答えた。僕がラブホテルに泊まることを匂わせても、それでいいと言った。ラブホテルに一緒に入るということは、抱かれてもいいというサインだ。見ず知らずの男に抱かれてでも、君はヒッチハイクを続けようとした。ただの訳ありじゃない」

「………」

五十嵐の話を聞きながら、美結は身体が冷えていくような感覚に囚われていた。熱い男の肌が密着しているというのに。

「僕たちは、コンビニエンスストアで弁当を買った。君は替えの下着も。着の身着のままだったから、それは当然だ。ただ、気になることがあった」

「気になること？」

ようやく、声が出た。訊き返すという、最も簡単な発言。それでも一度声を出したことで、ようやく理性が戻ってきた。

「君は、ずいぶんと財布の中身を確認していた。買い物をしながら財布の中身を気にするのは、お金が足りるかどうか心配しているときだ。手持ちの金が足りないのだろうな。そのときはそう思った。でも気になったから、確認することにした」

「確認」

「そう。ホテルで君がシャワーを浴びている間に、ハンドバッグの中を見させてもらったんだ。入っていたのは財布とハンカチ、それから口紅だった。ハンカチと口紅は、君が僕を捕まえたときに使ったものだね。財布の中を見たら、現金が二千円足らずとクレジットカードだけ」

「見たの？」

わずかに非難の響きを込めた。そんなことをしても、まったく意味がないのに。この期《ご》に及んで、自分は五十嵐に甘えたいのだろうか。

「申し訳ない」

五十嵐は、まるで恋人に対するように謝った。少し嬉しかったけれど、冷えた身体はそのままだった。

「予感は的中した。君は、クレジットカードを持っていた。今どき、どこのコンビニでもクレジットカードを使える。現金がなければ、カードを使えばいい。それなのに残額を気にしながら、現金で支払った。カードを持っている人間の行動じゃない。なぜか」

美結はハンドバッグに意識を向けた。ファミリーレストランでパンケーキを食べたから、残額千五百円を切った財布の入ったハンドバッグに。先ほど五十嵐の股間に顔を埋めたときに、足元に落としたままだ。

「君はクレジットカードを持っているけれど、それは使えないものだった。少なくとも、君はそう考えていた。人がカードを使わない場合、その理由は決まっている。引き落とし口座に、お金が入っていないからだ。そして引き落とし日までに、入金できる見込みもない。君はカードは使えないと判断した」

ぞわ、と全身に鳥肌が立った。そう。五十嵐の言うとおりだ。自分の銀行口座には、残高は一円も残っていない。

「君は、毎日食うや食わずの生活をしているのか。そんなことはないと思った。着ていたスーツは、勤め人のものだったからだ。カード破産している可能性もあったけれど、深夜に着の身着のままで路上に立っていたことを考えると、何か事件に巻き込まれた可能性の方が高い。では、どんな事件なのか。いや、それ以前に、本当に巻き込まれたのか」

「…………」

「そこで気がついた。ハンドバッグの中には、財布とハンカチ、それから口紅。おかしいじゃないか。家の鍵はどうしたのか。それに、携帯電話。普通の勤め人なら持っていて不思議はないもの。いや、少なくとも鍵は持っていなければおかしい。君は、深夜に自分の家から慌てて飛び出したんじゃないか。だから鍵を持たなかった」

慌てて家を飛び出した——。

そう。自分はパニック状態になってアパートを飛び出したのだ。ドアに鍵をかけるとか、そんなことは思いもつかなかった。というか、今、五十嵐に聞かされてようやく思い出したのだ。自分は、鍵なんてかけなかったことを。

「深夜に、着の身着のまま、慌てて家を飛び出した。君が何らかの事件に巻き込まれたと考えれば、説明がつく。けれど、納得のいかないところもある。それなら、君はヒッチハイクなんてする必要はないんだ。車を止めて、警察に通報してもらうだけでいい。後は、警察が保護してくれる。色々と不祥事が話題になる組織だけど、なんだかんだ言っても頼りになるから。けれど、君は警察に駆け込もうとしなかった。なぜなら、被害者ではないからだ」

「被害者で、ない……？」

質問になっていない質問をした。被害者でなければ、加害者なのだから。

「引き落とし口座に残高がない、普段は金に困っているようには見えない加害者。金銭トラブルであることは、容易に想像がつく。自分の家から飛び出したということは、事件は君の家で起こった。だとすると、相手は家族か、恋人」

家族じゃない。恋人だ。

久保島とは、愛し合っていると思っていた。なんとなく、いつかは結婚するだろうなとは思っていたけれど、一昨日時点では、入籍などしていない。

「金銭トラブルによって、君は相手に攻撃を加えた。しかし怪我をしただけだったら、家を飛び出したりしないで、救急車を呼んだだろう。相手は死んでしまったんだ。少なくとも、君は死んでいると判断した。だから、怖くなって逃げ出した。携帯電話を持たなかったのは、事件を知った警察が、君の携帯電話にかけることが容易に想像できたからだ。だから、置いていった」

け」


「違うよ」

美結は短く答えた。「そこだけは違う。わたしは、パニックになって飛び出したんだ。携帯に警察が電話してくるなんて、考えもしなかった。そこまで回る頭じゃないよ。アパートに帰って、いつもやっているように、充電台に置いてたの。それを持って出るのを忘れただけ」

短い沈黙。五十嵐が大きく息をついた。

「そうか」

美結は、携帯電話の件だけを否定した。それはとりもなおさず、他の推理は合っていることを認めたことになる。自分の正しさが証明された五十嵐は、喜びも驚きもしなかった。同じ体勢のまま、話を続ける。

「君は、事件の加害者かもしれない。そのことは、ホテルですぐにわかった。だから、君の動きには注意していた。そうしたら、色々と発見があったよ」

「発見？」

「うん」

五十嵐はようやく身を起こした。頭を上げ、美結を正面から見つめた。

「たとえば、ファミレスに行ったとき。なぜか君は僕の腕にしがみついたり、テーブルの上で手を握ったりした。まるで恋人みたいに。僕たちは確かにセックスしたけど、心の通い合った恋人じゃない。それなのに、どうして恋人を装ったのか。あれは、店員に見せるためだったんだね。君は一人で飛び出した。警察が捜しているのは、女一人だ。恋人同士は対象外。理由は他にもある。男と女があからさまにべたべたしていたら、店員は自然と視線を逸らす。結果的に、自分の顔は記憶されない。名字を僕に教えなかったのも、ラジオか何かで君が指名手配されたと報じられたとき、名字を聞いてピンと来ないようにするためだった」

美結は五十嵐の顔を見返した。この男、そこまでわかっていたのか。

「極めつきは、フェラチオだ。君は、運転中に僕のものを咥えた。いくら何でも、非常識な行動だ。僕に対しては、サービスだと説明した。目的地まで乗せてもらうのだから、奉仕すると。一応、理由になっている。けど、君が犯罪加害者であるという前提で捉え直すと、違う目的が浮かび上がってくる。君が僕に奉仕してくれたのは、市街地だった。市街地は交通量が多い。パトカーが走っている可能性も低くない。君は、フェラチオすることによって頭を低くして、窓から顔が見えないようにした」

再び美結の全身に鳥肌が立った。自然な行動のつもりだった。身を隠す合理的な手段として、男のものを咥えた。それなのに、気づかれていたというのか。

あの晩。久保島が訪れる約束になっていた。現金が乏しくなっていたから、その前にATT

Mで預金を引き出そうとした。しかし返ってきたのは、エラーだった。残高を確認すると、なんとゼロ。

どういうことなのか。最近流行の電子犯罪に遭ったのか。しかし自分は、インターネットバンキングなど、利用していない。

思い当たることがあった。久保島は恋人だ。一緒にいるときは、距離がごく近い。ATMを使うときも、傍にいた。つまり、暗証番号を知ることができたのは、彼だけ。部屋のどこにキャッシュカードをしまってあるかを知っているのも。

美結は、やってきた久保島を詰問した。最初はのらりくらりとはぐらかしていたが、美結のあまりの剣幕に、結局は認めた。ちょっと入り用があったから、借りただけだと。ボーナスが入ったら、すぐに返すつもりだったと。

嘘だということは、すぐにわかった。彼が引き出した金額は、一回のボーナスで補塡《ほてん》できるようなものではなかったからだ。そもそも、ATMは、一回の利用限度額がある。それを超えて引き出したのだから、彼に全額盗む意図があったのは明白だった。

貴重な預金が盗まれたことよりも、裏切られたことへの怒りの方が強かった。キッチンで言い争ったのも悪かった。ふてくされてそっぽを向いていた久保島に向かって、美結は包丁を突き出した。油断して、腹筋に力を入れていなかったのだろう。包丁の切っ先は、驚くほど簡単に久保島の腹に突き刺さった。倒れた久保島は、息をしていなかった——。

「広島ってのは、君の故郷なのか？」

説明が終わり、質問になった。美結はうなずく。

「うん。あれだけ実家が嫌で、親の反対を押し切って東京に出てきたのに、どうしても馴染めなかった。こんなことになったら、無性に帰りたくなったの。でも、お金がないからヒッチハイクしかない。あなたに拾われたのは、運がよかった。言ってくれたように
あなたは、運がいい」

五十嵐は、確かにそう言った。福岡に帰るところだから、通り道だと。

確かにそのとおりだ。しかし、同時に不運でもあった。これほど頭が回る男の車に乗ってしまったなんて。

「帰って、どうする？」

本人に悪気はないのかもしれないけれど、容赦ない質問だった。今度は、首を振る。

「何も考えてない。実家に帰っても、どうせ警察が待っている。捕まりたくはないけど、どうすればいいのか、わからない」

そこまで言って、気がつくことがあった。目の前の男は、自分の犯罪を知っている。それなのに、どうして自分と二人きりでいるのだろう。どうして抱き合っていられるのだろう。

「ねえ」

「何？」

「あなたは、わたしが人殺しをしたことを知ってる。それなのに、どうして警察に通報しないの？　どうして人殺しを乗せて、のんびり車を走らせてるの？」

そして、どうしてフェラチオされるままでいて、セックスまでしたのか。

五十嵐は答えに窮さなかった。彼の答えはシンプルだった。

「仲間だから」

「えっ？」

思わず顔を見返す。仲間？

次の瞬間、五十嵐は首を振った。

「いや、正確には仲間じゃないかな。でもまあ、似たようなものだ」

意味がわからない。美結が表情でそう告げると、五十嵐は困った顔を返した。

「僕は、心中の生き残りなんだ」

──えっ？

言葉の意味が理解できなかった。シンジュウノイキノコリって、なんだ？

五十嵐は、また困った顔をする。

「これでも、けっこう悩みが多くてね。生きていることに価値を見いだせなくなったから、死のうと思ったんだ。そこで、ネットで心中してくれる相手を探したら、乗ってもいいという人間が現れた」

そこまで聞いて、ようやくシンジュウが心中に変換された。意味がわかったときには、身を強張らせていた。この男が、死にたがっているって？

「相手は、三十代半ばくらいの女性だった。わりと整った顔だちをしていたけど、やはり死のうとしている人間だけあって、雰囲気はおかしかった。まあ、僕も似たようなものだったんだろうけどね。ともかく僕たちはお互いの意思を確認して、心中することにした。方法は簡単で、練炭を焚《た》いた車の中で、睡眠薬を飲むこと。しかし、直前になって彼女が妙なことを言いだした。抱いてほしいと。自分は処女だから、死ぬ前に性行為を経験しておきたいと。僕は、車の中で彼女を抱いた。処女ってのは本当だったらしくて、ずいぶんと痛がっていたけど、満足したみたいだった」

「…………」

衝撃的な告白を聞いているはずなのに、美結の心に怒りがこみ上げてきた。五十嵐が、自分以外の女を抱いたというのか。それも、この車で。怒りが身体の熾火に風を送り込み、冷えていた身体を熱くした。

「ところがおかしなもので、彼女を抱いた僕に、変化が生じた。さっきまで生きていることをバカバカしいと思っていたのに、今度は死ぬのがバカバカしくなったんだ。けれど、思いを遂げて死のうとする彼女の盛り上がりを邪魔するわけにもいかない。一緒に睡眠薬を飲むとき、僕は飲むふりをしただけだった。そして彼女が眠ったのを見計らって、僕は車を降りた。そして、彼女が死ぬのを待った」

話を聞いているうちに、美結の身体に変化が生じていた。いや、自分の身体ではない。五十嵐だ。つながったままの五十嵐自身が、大きくなっているのだ。

「彼女が完全に死んだことを確認すると、僕は車のドアを全開にして、中の煙を追い出した。後悔はしてなかったけど、僕には彼女を裏切ったという自覚があった。申し訳ない気持ちが強くて、行為の最中に聞いた、故郷の福岡に帰してあげようと思った。だからいったんアパートに引き返して、スーツケースを出してきた。数日分の着替えをボストンバッグに詰めて、アパートを出た。スーツケースはもちろん、彼女を入れるためだ」

ぞくりとした。車に乗り込むときに、トランクスペースにスーツケースが立ててあるのを見た。横に寝かせるにはトランクスペースの横幅が足りないほどのサイズだった。大人の女性がすっぽり入ってしまうくらい。

淡々と語られるには、あまりにも異常な話だった。けれど美結には嘘とは思えなかった。

なぜなら、車に乗り込んだときに、煙の臭いがしたのだから。

それから、美結は語られていないもうひとつの真実も理解していた。五十嵐は、故郷の福岡に帰ると言った。けれど、彼には九州訛りはなかった。おそらく五十嵐は、福岡生まれなどではないのだろう。彼女を故郷である福岡に連れて帰るという意味だったのだ。

「僕は生き残った。けど、ついさっきまで死にたかった心と、彼女を裏切ったという自覚が合体して、僕を責め立てた。なぜおまえは死なないのかと。今度は死にたくない気持ちと、死ななければならない使命感がせめぎ合いを始めた。僕は混乱した。そんなときに現れたのが、君だった」

五十嵐のものは、ますます硬さを増していた。硬さだけではない。熱さもまた、放つ前と同じ温度になっていた。

「君を乗せたとき、実は君を抱く気満々だった。僕は精神的に生死の境をさまよっていた。彼女を抱いて死ぬ気をなくしたように、君を抱くことによって精神を生の側に寄せられないか。そんなふうに考えたんだ。だから高速道路を使って福岡まで行くつもりだったのを、急遽《きゅうきょ》下の道を通ることにした。ラブホテルに泊まる理由を作ったんだ。幸いなことに、君は乗ってきてくれた」

「……！」

美結は目を見張った。今現在、美結の体内で熱を持っているもの。この持ち主が、半分死んだような人間だったなんて。

「僕は君を抱いた。ホテルでも、今も。けど、心は生きようとしてはくれなかった。いまだに、中途半端なままだ。もう、どうしようもない」

どうしようもない。

ようやく美結は、すべてを理解していた。なるほど。仲間だ。自ら手を汚した美結と、他人が死ぬのを放置した五十嵐。行為に違いはあっても、もうどこにも行けないという点では同じなのだ。

美結は、五十嵐を抱きしめた。

「抱いて！」

その頃にはもう、五十嵐自身は火傷《やけど》するくらい熱くなっていた。五十嵐が美結にキスした。唇を食べられそうな勢いのキス。美結もまた、五十嵐の舌を嚙みちぎりそうなキスを返した。

五十嵐が動き始めた。さっきのセックスで、美結の中には大量の精液がぶちまけられている。ぬめりには事欠かない。五十嵐はいきなり強く動いた。

「ああっ！」

喉を立ててうめく。その喉を舐められた。まるで吸血鬼のように首筋に唇を当てたまま、五十嵐が動いた。

「くうっ！」

あまりの快感に、強く締めつける。しかし五十嵐は意に介さないように強く単純な動きを繰り返した。その単純さに、美結はあっという間に上り詰めていった。

「いいよっ！　いいっ！」

「ううっ！　いいっ！」

トランクスペースに死体が載っている車内で、二人は痴態《ちたい》の限りを尽くした。激しすぎる動きのため、終わりはあっという間にやってきた。

「くいいいいっ！」

「うおうっ！」

生涯最高とも思える絶頂が美結を放り投げた。同時に五十嵐もまた放っていた。二回目とは思えないほどの量。今度こそ、五十嵐は脱力して美結に突っ伏した。男の重さが、気持ちよかった。

どれだけそのままでいただろうか。

空が白み始め、五十嵐がゆっくりと身を起こした。キスしてくる。

美結は下から五十嵐を見つめた。

「どうする？　やり直す？」

　どちらにも取れる科白《せりふ》だ。五十嵐は目を見開いて美結を見た。数秒間そのままだったけれど、やがて首を縦に振った。

「そうだな。やり直そうか」

　五十嵐が美結から離れた。美結の体液と自分の精液にまみれたものを拭くことなく、ボクサーパンツを上げる。チノパンも元に戻した。運転席に戻る。シートベルトを締めた。美結もまた服を直して、シートの背もたれを立てた。同じようにシートベルトを締める。

「じゃあ、行こうか」

　優しげな口調に、美結は理解していた。

　やり直す。この言葉には、ふたつの意味がある。二人で人生をやり直すという意味と、中途半端に終わった心中をやり直すという意味のふたつが。五十嵐は、後者を選んだのだ。

　エンジンをかける。シフトレバーをDレンジに入れて、サイドブレーキを下ろした。車を発進させる。しばらく走ると、コンクリートの埠頭《ふとう》が見えてきた。海まで、遮《さえぎ》るものは何もない。

　五十嵐がアクセルを踏み込んだ。車はスピードを上げ、海が目前に迫ってきた。そのまま、車ごとジャンプした。

宙に浮く寸前、五十嵐は美結の手を握ってきた。
ようやく、五十嵐の恋人になれた。
そう考えると嬉しくて、美結は五十嵐の手を握り返した。

男の子みたいに

彼はなぜ、こんな恰好のわたしを抱くのだろうか。

単なる趣味？

それとも？

＊

水色のシャツに、黒のチノパン。めっきり寒くなってきたから、ネイビーブルーのマウンテンパーカーを羽織ってきた。

ショーウィンドーに映った自分を見る。ボーイッシュとかマニッシュを通り越して、完全に男の子だ。実際、着ているものはすべて男物だし。背が高くなくて童顔の梨穂《りほ》がこんな恰好をすると、少年のように見えてしまう。肩まである髪も後ろでまとめて、アポロキャップをかぶっているから、なおさらだ。

腕時計で時刻を確認する。午後二時五十五分。約束の三時までは、あと五分だ。ちなみに左手首に巻かれた腕時計は、大振りのG－SHOCK。女性向けのBABY－Gではない。もっとも、ここは若者文化の中心地、渋谷だ。もっとおかしな恰好をしている奴は、山ほどいる。女性が男物を着ていたところで、怪訝《けげん》な顔をする者はいない。だから梨穂は特に居心地の悪い思いをすることなく、待ち合わせ場所に立っている。それに、こんな服装にもすっかり慣れた。すべては、今からやってくる男のせいだ。

張本人がやってきた。にこやかな顔で近づいてくる。

「お疲れ」

「お疲れはそっちでしょ。土曜日なのに、休日出勤だなんて」

「なんの。午前中だけだよ」

そして梨穂をじろじろと見る。「うん。恰好いいぞ」

張本人——浅野《あさの》は、男物を着た恋人に満足げだ。梨穂は三白眼《さんぱくがん》で彼氏を睨みつけた。「そっちは、相変わらずつまんない恰好ね」

浅野は明るいグレーのスーツに、濃いグレーのネクタイを締めている。ワイシャツは白。絵に描いたようなサラリーマンだ。

「まあ、仕事だからな」

軽く流して、梨穂の肩を抱く。「さあ、行こう」

やれやれだ。

どうして自分は、彼女に男装させるような男とつき合っているんだろう。

ホテルの部屋に入ったところで抱きしめられた。

顔が近づいてくる。目を閉じた。唇が重ねられる。梨穂の身長が、百五十三センチ。浅野は百七十六センチだ。二十センチ以上の差があるから、どうしても上を向いてキスすることになる。アポロキャップが落ちたけれど、髪はばらけていない。

唇を外して横を向いた。

「ダメ……シャワー浴びてない……」

無駄とわかっているけれど、一応は言う。儀式みたいなものだ。案の定、浅野は「いいじゃないか」と一蹴《いっしゅう》し、また唇を合わせてきた。舌が入れられる。自分からも舌を動かし、絡めた。

「む……ん」

喉の奥から声が出てしまう。口と口とで味わう快感に、身体の芯がきゅっと締まった気がした。浅野の胸に手を伸ばす。ワイシャツの上から乳首を探り当て、指先に力を入れて転がす。

浅野が反撃してきた。チノパンのベルトを緩めて、手を突っ込んできた。下着の上から、そっと撫でる。淡い快感が広がった。

下着越しに加えられる刺激は、中途半端だ。もっと強い刺激が欲しい。わかっているくせに、焦《じ》らすように指が下着の上を這《は》う。

恨みがましい目で、男を見つめた。わかっているよと視線が答える。二人でベッドに移動し、倒れ込んだ。

浅野は社員寮住まいだし、梨穂は学生時代の友人とルームシェアしている。だから二人きりで夜を過ごそうと思ったら、ホテルしかない。今日は渋谷でデートだったから、そのまま道玄坂のラブホテルに入った。渋谷には上品なシティホテルがいくつもあるけれど、普段使いできるような値段ではない。だから誕生日とかクリスマスとか、特別な夜に使うと決めていた。

空調の効いた室内では、さすがにマウンテンパーカーを着ていては暑い。ベッドの上で脱いだ。それでも、男物のシャツとチノパンは残っている。浅野がのしかかってきた。両肩を押さえて、またキス。

「四つんばいになって」

耳元で、浅野が囁《ささや》いた。梨穂はこくりとうなずく。浅野が身を起こして、動けるスペースを作ってくれる。身体を反転させて、四つんばいの姿勢になった。浅野が後ろに回り込む。尻の方から近づき、梨穂の腰に手を回した。背後から、ベルトを外す。チノパンのボタンを外し、ジッパーも下ろした。締めつける力を失ったチノパンを脱がせる。しかし四つんばいだから、膝の上までだ。梨穂は下着を男の視線に晒《さら》す恰好になった。

浅野の指が、そっと股間を撫でた。またしても下着の上からだ。けれど、体勢が違う。見られながら触れられたことで、ぞくりとした快感が背骨を伝わってきた。

「ひゃうっ！」

声が出てしまう。浅野はなおも下着の上から裂け目を刺激し続けた。たまらず愛液が溢《あふ》れ、下着を濡らした。浅野の指が、下着の端から入り込んできた。裂け目に直接触れる。すでに濡れているから指はぬるりと動いた。

「あっ！　ヤダっ！」

抵抗しようとしても、四つんばいだから両手は使えない。脚で蹴り飛ばそうにも、膝まで下ろされたチノパンが邪魔をする。梨穂は、男にされるがままになるしかなかった。

浅野は両手を腰の左右から回し、下着をつけたままの股間を攻めた。右の指で先端の突起をつまみ、左の指をすでに泉のようになった場所に埋めた。指の存在感に、梨穂は指をぎゅっと締めつけた。

「もうっ！　もうっ！」

耐えきれずに叫んでしまう。浅野は答えず、下着を下ろした。これもまた、膝の上までだ。男物のシャツは、Sサイズでも梨穂には少し大きい。だからシャツの裾が尻をほとんど隠している。それでも浅野は気にしないらしい。嬉しそうに梨穂の尻をシャツごと抱えた。

「いくよ」

返事を聞かずに、腰を突き出してきた。熱いものが梨穂に突き刺さった。

「あんっ！」

最初は浅く。そしてゆっくりと動き始めた。エラの張ったカリが、梨穂の内部をこすっていく。

「ああっ！　あうんっ！」

与えられる快感に、どうしても声が出てしまう。後ろから突かれることには、最初は抵抗があったけれど、もうすっかり慣れた。むしろ、こちらが何もしないで申し訳ないと思うくらい気持ちいい。こういうのを、開発されたというのだろうか。

浅野の腰の動きが、さらに速くなる。シャツの裾がめくれ上がり、ぱんぱんという肉が肉を打つ音が、ホテルの部屋に響いた。快感に震えながら、梨穂はとぎれとぎれの意識で考える。

今の自分は、服を脱いでいない。行為ができるようチノパンと下着は下ろしたけれど、それも膝の上までだ。シャツに至っては、ボタンすら外していない。髪は後頭部でまとめているから、女性らしく揺れない。男の子の外見を、自分は崩していないのだ。少年のような自分を、大人の男である浅野が抱く。彼はいったい、どうしてこんなことを？

「ううう、もう、いく」

浅野が唸り、抜き差しの速度がますます速まってきた。このスピードがいい。梨穂も急速に上り詰めていった。ベッドに突いた手が快感に耐えられず、崩れた。シーツに顔を突っ伏す。膝は崩れない。浅野が尻を抱えたままだからだ。今までとは内部で当たる角度が変わって、それがまた、気持ちよかった。

「いいっ！　来てっ！」

「おうっ、いくよっ！」

さらに数回動いて、浅野が果てた。同時に、梨穂も達していた。

「うあああっ！」

コンドーム越しの射精を、梨穂は脈動として感じていた。その脈動が、絶頂の波と重なる。浅野が自分のものを抜き取って自由になると、梨穂は宙に向かって突き出された尻を、ゆっくりと倒した。身体の左側を下にして横たわる。

目の前に、鏡があった。照明を点《つ》けたままだったから、鏡は梨穂の姿を鮮明に映し出していた。

後ろでまとめられた髪は、短髪に見える。水色のシャツは、ボタンも外していない。チノパンと下着は、膝のところまで下ろされている。そして、濡れきった股間。

男に身体を差し出した少年が、そこにいた。

「それって、いわゆるゲイ？」

隣で寝そべる麻里奈《まりな》が言った。眉間《みけん》にしわが寄っている。梨穂は鼻頭を指先で掻《か》きながら答えた。

「うーん。どうなんだろう」

麻里奈は、梨穂のルームメイトだ。同じ大学で学んだ彼女とは妙にウマが合ったから、二人とも都内に就職できたのをきっかけに、一緒に暮らし始めた。都内の賃貸マンションは高い。家賃を折半できるのは、家計の面でもかなり助かる。

麻里奈がベッドサイドのペットボトルを取った。キャップを開け、中のミネラルウォーターをひと口飲む。

「でも、梨穂が男の恰好をしないと勃《た》たないんでしょ？」

「そんなわけじゃないよ」

麻里奈からペットボトルを受け取り、梨穂も水を飲んだ。キャップを閉め、またベッドサイドに戻す。

「男物を着たままするのは、最初だけ。その後シャワーを浴びてからは、お互い裸だよ」

「そこから二回戦」

「そういうこと。普通におっぱい揉まれるし」

「正常位？」

梨穂は、前の土曜日を思い出しながら首を振った。

「それだけじゃないけどね。わたしが上になったりもするし」

「元気ね」

麻里奈がわざとらしくため息をつく。

「でも、少なくとも男子専門ってわけじゃないんだ」

「違うね」

「両刀遣い？」

「もうっ」呆れて麻里奈の頰をつつく。「いい加減、そこから離れんかい」

「でも、それしか考えられないじゃんか。いくら愛《いと》しい彼女とはいえ、男の恰好を見て興奮するんだから」

そうなのだ。決して数は多くないけれど、浅野の前につき合った男性はいる。彼らの中に、そんな趣味を持った人はいなかった。

「普通にエッチできるくせに。そのときは、こうやっておっぱい揉むくせに」

言いながら、麻里奈が梨穂の乳房に触れた。人差し指の先で軽く転がされると、あっという間に乳首が立った。

「あん……」

「あんたが男の恰好をしてるときは、服を脱がさないんでしょ？　シャツのボタンも外さないし、ブラもつけたまま。あんたはそれほど胸が大きくないから、シャツの上からじゃ目立たない。男みたいに」

「うるさいわね」

梨穂も麻里奈の乳首をつまむ。いきなり力を入れてやった。

「もうっ」

怒ったような甘えたような声を出して、麻里奈が梨穂に覆《おお》い被《かぶ》さってきた。唇を合わせる。

「とにかく、あんたはまるっきり男なわけだよ。あんたが女だと知っている彼氏は、外見だけでも男に似せて興奮してるとしか思えない。こんなに——」

麻里奈が梨穂の乳首を吸った。甘いしびれが広がる。

「かわいいおっぱいなのに」

舌で舐《な》め上げられた。ぞろりとした感触に、鳥肌が立つような快感が全身を襲う。

麻里奈を抱きしめたまま、身体を回転させる。狭いシングルベッドだけれど、なんとか転がり落ちずに上になれた。今度はこちらから唇を奪う。そして左の耳たぶを咥《くわ》えた。

「あ……」

麻里奈が甘い声を上げる。耳たぶを唇でつまみながら舌で舐める。

「うあんっ」

舌先を尖《とが》らせて、耳の穴に入れた。麻里奈の身体がびくりと震えた。

「ふああっ！」

舌を耳たぶから離して、首筋に降ろす。鎖骨を舐めた。麻里奈のきめ細かい肌に、こちらも興奮してしまう。

突然、股間に刺激が走った。何が起こったのかはわかっている。麻里奈が手を下ろして梨穂の裂け目をなぞったのだ。

合図だ。梨穂は身体を反転させて、顔を麻里奈の股間に置いた。梨穂の股間は麻里奈の顔の上だ。同時に、秘部にキスする。どちらからともなく、ため息が漏れた。

麻里奈とこんな関係になったのは、酒の勢いが原因だった。

普通の友だちだった大学三年のとき。飲み会で酔いつぶれた麻里奈を、梨穂は自分のアパートに泊めた。布団はひと組しかないから、並んで横になるしかない。Tシャツと短パンに着替えて自分も寝ようと思ったら、隣から苦しげな声が聞こえてきた。気持ち悪いのだろうか。洗面器を用意した方がいいかなと思って様子を窺《うかが》ったら、なんと麻里奈は、オナニーしていたのだ。

酔って理性がなくなり、衝動的に快感を得ようとしたのか。麻里奈は隣に梨穂がいることにも気づかずに、ひたすら指で自分の大切な部分をいじっていた。

どくん、と心臓が鳴った。男性経験はある。けれど、目の前で生身の女性が快感を貪《むさぼ》っている姿を見るのは、はじめてだった。生々しい喘《あえ》ぎ声も。こちらも酔っていた。じゅん、と股間が湿るのを感じた梨穂は、そのまま麻里奈に覆い被さっていった。

それ以来、二人はお互いに快感を与え合う関係になった。浅野という恋人がいる現在も、こうやって麻里奈と乳繰り合っている。

敏感な部分に、熱い吐息がかかった。それだけで震えてしまう。梨穂は上から麻里奈の股間にキスをした。フレンチキス。麻里奈が声を上げ、その声がまた、梨穂の敏感な部分を震わせた。

裂け目をゆっくりと撫でる。すでに濡れているから、抵抗なく指は滑っていく。少しだけ力を入れて、指の腹を沈める。ごく浅い侵入。麻里奈は抵抗なく、梨穂の指を受け入れた。先端の突起にまたキスする。

「ふわあ……」

おねだりしたりされたりするまでもない。お互い、やりたいこと、やってほしいことはわかっている。指を深く沈めた。

「あうっ！」

麻里奈の声はかわいかった。

同性愛という意識はない。浅野を裏切っているという感覚もない。逆に、麻里奈を裏切って浅野に走ったわけでもない。麻里奈は、あくまで友だちだ。ただ、お互いに快感の与え方を知っているだけで。

一方、浅野のことは愛している。彼に抱かれるのは、愛しているからだ。愛してほしいからだ。

セックスの快感はある。入れられると、絶頂も感じる。けれど梨穂にとって、浅野とのセックスは、愛情を形にしたものなのだ。

麻里奈との行為は、快感が欲しいから。

浅野との行為は、愛が欲しいから。

他人がどう思おうと関係ない。それが梨穂の本音であり、唯一の真実だった。

麻里奈が指を深く入れてきた。しかも二本だ。

「ひあっ！」

身体が跳ねる。麻里奈はそのまま指を動かし始めた。いつものような、ゆっくりと快感を育てる動きではない。絶頂へと誘うときの強さだった。

「あんたは」絶え間なく指を動かしながら、麻里奈が言った。「女に対しては、こうやって女として抱かれている。そして男に対しては、男として抱かれているのね。挙げ句の果てに、どちらでもイッてしまう。おかしいのは、彼氏じゃなくてあんたなんじゃないの？」

突起を吸われた。指がＧスポットをこする。梨穂はあっという間に絶頂を迎えていた。

「うあああああっ！」

両脚を突っ張り、梨穂は麻里奈の上に被さった。指は、麻里奈の股間に入ったままだ。夢見心地のまま、ゆっくりと動かす。

「あん……」

麻里奈が声を上げる。どんなふうに動かせば麻里奈が感じるかは、よくわかっている。親指と人差し指と中指。三本の指で、梨穂は麻里奈を絶頂に導いた。ひときわ高い声を上げて、麻里奈が全身を弛緩《しかん》させた。

彼女から降りて、並んで寝ころんだ。二人とも、しばらくそのまま動かなかった。ただ、白い天井を見つめていた。

「ねえ」

ゆっくりと麻里奈が口を開いた。「彼氏がゲイかどうか、確認する方法があるよ」

「えっ？」

麻里奈の手が動いた。梨穂の股間に向かう。けれど手は股間を素通りして、さらに奥を捉えた。もうひとつの穴。

「ひっ！」

予期せぬ感覚に、全身が硬直した。手はすぐに離れた。

「ここでいいよって言って、彼氏が喜んだらゲイ。逆に、彼氏のここを攻めて、喜んだらやっぱりゲイ。攻めか受けかも判別できるね」

そう言って、麻里奈は他人事《ひとごと》丸出しの顔で笑った。

「待って」

ベッドの上で、梨穂は浅野を止めた。いつもなら、男装した梨穂を四つんばいにさせて、浅野が背後から貫く展開に移る。

「今日は、わたしがやってあげる」

浅野にベッドの上に座ってもらい、ズボンの上からすでに大きくなりかけている股間を撫でた。ベルトを外して、ボクサーパンツをずらすと、弾けるように彼自身が飛び出してきた。両手で握る。ゆっくりとこすった。さらに硬度を増してくる。亀頭の表皮がピンと張って、つやつやしていた。さらに手を上下させると、鈴口から透明な液体がにじみ出てきた。感じているのだ。

アポロキャップを回して、庇《ひさし》を後頭部に移動させる。そして顔を下ろしていった。先端にキスする。唾液を塗りつける。十分なぬめりを持たせておいて、口に咥えた。

「おうっ……」

浅野が声を上げる。

今日の梨穂は、チャコールのワークシャツを着ている。ワークシャツの下は、白いTシャツだ。ボトムは、膝に穴の開いたジーンズ。おまけにアポロキャップを逆に被っているとあっては、男の子というより、男臭いといっていい恰好だ。

そんな奴が、男のものを咥えている。淫靡《いんび》な音を立てながら頭を上下させている。アダルトビデオなどで男女のセックスしか見ていない若者には、刺激の強すぎる光景だ。

すると。

予想外の展開が梨穂を待っていた。口の中で、浅野が躍るように脈動を始めたのだ。カリがぷくっと膨らんでいくのがわかる。強く吸いながら口を上下させると、浅野がうめいた。

「おうっ！」

浅野は、梨穂の口の中に放っていた。びくんびくんと不規則な脈動を繰り返しながら、大量の精液が送り込まれてくる。たまらず飲み込んだ。

「うがいしてくるね」

ベッドで射精の余韻に浸っている浅野を残して、一人で立ち上がった。洗面所でうがいする。ポーションタイプの洗口液が置いてあったから、それを使った。強いミント味が、生臭さを消してくれる。

「お待たせ」

浅野の横に寝転がる。キスした。

「よかったよ」

「うん」

短いやりとりだったけれど、梨穂は少なからず驚いていた。

早い。こんなに早く浅野が果てたのは、はじめてだ。

浅野のものを咥えたことは何度もある。けれど、こんなには早くなかった。それどころか、口だけではもったいないと、途中から普通のセックスに切り替わるくらいだ。にもかかわらず、今日は口だけで、しかもごく短時間で射精した。

思い当たることがある。普段、梨穂が浅野のものを口に含むのは、男装のまま抱かれた後、裸になってシャワーを浴びてからのことだ。あるいは、二人一緒に浴室にいるとき。梨穂は一糸まとわぬ姿で、彼のものに舌を這わせた。つまり、梨穂は女として、そこにいた。だからなかなか果てなかった。けれど今日は、男の恰好で、浅野の股間に顔を埋めた。その事実が、浅野を興奮させたのか。やはり彼は、男を愛する男なのか？

浅野が梨穂のジーンズを緩めた。そのまま手を突っ込む。下着の奥で、陰毛がじゃりっと音を立てた。

「あん……」

口で男に奉仕していたときに、自分も興奮した。だからすでに濡れている。梨穂の身体は、やすやすと男の指を受け入れた。

「んんっ！」

指が動きだす。背骨の奥に、快感が育っていく。手を伸ばして、浅野の股間を探った。触れると、そこはまた大きくなっていた。

「できるの？」

「ああ」浅野は平静な声で答える。「さっきのが呼び水になった」

「うん」

梨穂はいったん浅野の手をどけて、自分でジーンズと下着を膝まで下ろした。そのまま、四つんばいになる。ワークシャツのボタンは留めたままだ。白いTシャツの襟ぐりは丸形だから、上から覗いても、胸の谷間は見えない。

浅野が背後に回った。後ろから貫かれる期待に、腹部が熱くなる。そのとき、麻里奈の言葉を思い出した。梨穂は、試してみる気になった。

「ねえ」

再び硬くなった浅野に声をかける。

「何？」

「後ろでも、いいよ」

自分の声が耳に入り、どきりとする。浅野が真に受けたら、自分はどうするつもりなのだろう。

けれど、返ってきたのはのんびりした声だった。

「うーん。興味がなくはないけど」

浅野の指が触れた。後ろの穴ではない。前の裂け目だ。「こっちの方が、いいかな」

言うなり、差し込んできた。いつもの場所だ。

「はうっ！」

安堵《あんど》を伴った快感に、声が出た。

さすがに一度放っているだけあって、浅野は持続した。後ろから機械のようにピストン運動しても、一向に果てる気配がない。浅野が自分のものを抜いた。

「あ……」

つい、不満げな声を漏らしてしまう。浅野が手を伸ばし、アポロキャップを直した。庇が前に来るように。

「仰向《あおむ》けに」

それだけ言った。梨穂が仰向けに寝転がると、浅野は梨穂の脚を持ち上げた。そのまま、折りたたむように太股を胸につけた。そしてむき出しになった箇所に、もう一度挿入した。

「ひあっ！」

膝にジーンズと下着が絡まったままだから、脚の自由が利かない。それなのに正常位で攻められた。上半身は、ワークシャツを着たままだ。今までなかったシチュエーションに、梨穂の身体は敏感に反応した。

「あひっ！　あひっ！」

窮屈な体勢のまま、男にのしかかられている。身体を動かせない状態が、快感をさらに倍加させていた。あっという間に、許容量を超えた。

「ああっ！　ダメっ！　イクッ！」

「おうっ、こっちも！　いいっ？　イッていいっ？」

「うんっ、うんっ、来てっ！」

浅野がさらに動きを加速させた。刺激が背骨を伝って、脳を収縮させた。そして、一気に解放される。

「うあああああっ！」

「うぐっ！」

二人は同時に達していた。先ほど放ったばかりだというのに、浅野はかなりの量を噴出した。

自分のものを抜いて、梨穂の脚を戻す。横に転がった。代わって梨穂が身を起こした。

「綺麗にしてあげる」

コンドームを外して、射精したばかりのものを口に含んだ。敏感になった亀頭を舐める。

「おう……」

浅野が声を出した。握って、尿道に残った精液をしごき出す。梨穂は、先ほどまで体内に入っていたものを、丁寧に清めた。そっと手を伸ばし、浅野の肛門に触れた。

「どう？」

質問に対する答えは、素っ気なかった。「くすぐったい」

開発された者が持つ敏感さも、驚きも嫌悪もない。後ろへの攻撃は、彼には何の感動ももたらさなかった。

どうやら、浅野は攻めでも受けでもないようだ。

「うーん。違ったか」

パスタを前に、麻里奈が腕組みをした。「間違いないと思ったんだけどなあ」

月曜日の夜八時。梨穂は会社から帰ると、夕飯の支度をした。炊事は基本的に、一日交替の約束になっている。夜のドカ食いはよくないということで、いつも軽め。今日は、サンマの香草焼きと、明太子のパスタだ。

「違ったみたい」

グレープフルーツの缶チューハイを飲みながら、梨穂は言った。

「秘密がばれたっていう動揺もなかったし、無理して断ってるって不自然さもなかったし。やっぱり彼に、そんな趣味はないと思う」

何が残念なのかよくわからないけれど、麻里奈はコメントした。サンマの身をほぐして口に入れる。梨穂も倣《なら》った。ちょっと、ニンニクが利きすぎただろうか。まあ、ビール好きの麻里奈にはちょうどよいだろう。

「でもさ」

梨穂が口を開き、麻里奈が顔を上げる。「どうしたの？」

「やっぱり、男装好きなのは間違いないと思う」

「そんなこと、知ってるよ」

「いや、そうじゃなくて」

梨穂は先週末のことを話した。

「もちろん、彼はわたしだってわかってるわけだよ。それなのに、男の子の恰好をしたわたしが口でしてあげたら、あっという間にイッちゃったんだよねえ。普段なら、口が疲れて、いい加減出せよって思うくらいなのに」

あけすけなもの言いに、麻里奈が笑った。女同士だから、つい直截的《ちょくせつてき》な表現で済ませてしまう。会社の上司や同僚には、絶対に聞かせたくない科白《せりふ》だ。

「ほら、普通にあそこに入れるのと違って、口でするってのは、奉仕のイメージじゃんか。

人によっては、屈服とか征服を連想するかもしれない」

「なるほど」

麻里奈がビールを飲んで、ぷはーと息を吐きながら言った。麻里奈もまた、彼氏の前では決してそんな飲み方をしないだろう。

「彼氏は、男の子に奉仕してもらって出しちゃったんだ。あるいは、男の子を屈服させて喜んでると」

「そんな人じゃないんだけどねえ」

「素朴な疑問なんだけど」麻里奈はフォークの先をこちらに向けた。「彼氏って、普通の人？」

「えっ？」

思わず訊《き》き返す。何を言われたのか、理解できない。麻里奈は説明不足を感じたのか、言葉を付け足した。

「ホテルの外での立ち振る舞いっていう意味。言動がおかしいとか、変わった趣味を持ってるとか」

ようやく質問の意味がわかった。記憶を探る。

「そんなことはないなあ。同じ会社にいるわけじゃないから、仕事ぶりとかは、わからないけど。少なくともわたしと一緒にいるときは、ごく普通だね。感受性が鋭いっていうのか、しょっちゅう妙なことを見つけてきては面白がるってのには、ついていけないときがあるけど」

「そうなんだ」眼を細めてこちらを見た。「彼氏って、友だちの紹介だっけ」

「別名、合コンともいうけどね」

「普通の会社員」

「うん。社員証は見たことないけど、名刺をもらったことがある。わりと名の通った会社だよ」

梨穂が社名を口にすると、麻里奈は口笛を吹く真似をした。

「そんないい会社なら、けっこうもらってるんじゃないの？」

「給料袋の中身までは知らないけどね」

玉《たま》の輿《こし》じゃんかと言いたげなコメントに、やや気を悪くして答える。自分は、そんなつもりで浅野とつき合っているわけではない。

こちらの心情を察してくれたのか、麻里奈が顔の前に手刀を立てた。ごめんという印だ。

「ごめんついでに、もっと失礼なことを言わせてもらうよ。あんたが言った、屈服とか征服とかから連想したんだ。彼氏ってば、ひょっとしたら、男の子を力ずくで屈服させたことがあるんじゃないのかな」

「えっ？」

「もし彼氏に児童虐待の経験があったのなら、あんたに男の恰好をさせることで、擬似的に犯罪を愉《たの》しんでるのかもしれない」

「えーっ？」

怒るより先に、呆れた。どうして、そんなことをしなければならないのか。

しかし、麻里奈の顔は真剣だった。

「梨穂。あんた、彼氏に乱暴なことをされたこととか、ない？　エッチの最中じゃなくても、殴られたとか、ひどい言葉を吐かれたとか」

「ない、ない」

梨穂は手をぱたぱたと振った。

「すっごく大切にしてもらってるよ。こっちが年下ってこともあるかもしれないけど、優しい人だね。もちろん殴られたことなんてないし、それどころか、怒鳴りつけられたこともない。あの最中にだって、無理やりってことは一度もない。ＳＭだって、真似事すらしたことない」

麻里奈が眉間にしわを寄せた。

「それって、『ごちそうさま』ってコメントすべきなのかな」

「あんたと彼氏が、それ以上うまくいっていなければね。ともかく、こっちが男の子の恰好をしているときだけ乱暴に犯すとか、そんなことはないね」

「うーん」

麻里奈は空になったパスタ皿に、乱暴にフォークを置いた。

「ゲイでもない。児童虐待でもない。やっぱり、単に妙な趣味を持った人なのかなあ」

「そうなんだろうね。まあ、害のないタイプの趣味だと思うよ。彼と会うときにしか着ない服を買わなくちゃいけないから、余計な出費はあるけどね。でもその分、彼が女物の服をプレゼントしてくれたりするから、プラスマイナスゼロといっていいかも」

麻里奈が瞬《まばた》きした。

「――えっ？」

じっとこちらを見る。

「あんた、自分で男装用の服を買ってるの？　まさか一人で紳士服売り場に行って、試着してるとか？」

「まさか」想像すると、かなり不思議な光景だ。「ネット通販だよ。ネットショップのホームページを見れば、着こなしの例が載ってるから、そのままいただいてる」

「そうなんだ」麻里奈が唇をへの字にする。「てっきり、彼氏と一緒に売り場に行って、彼氏の好む服を買ってもらってるのかと思ってた」

あまりに事実から離れたコメントに、こちらが戸惑う。けれど、すぐに麻里奈の言いたいことがわかった。

「そっか。彼が男装した女の子が好きなら、服装の趣味にも一家言《いっかげん》があってもおかしくない。わたしを着せ替え人形に見立ててもおかしくないってわけか」

麻里奈がうなずく。

「そう思ってたんだけどね。まさか、あんたが自分で選んで、自分で買ってるとは、思いもしなかった。じゃあ、そもそも男装するきっかけは何なの？　彼氏に求められたからじゃなかったの？」

「えっ？　えっと」

最近、男装するのがあまりにも当たり前になっていたから、きっかけをすぐに思い出せない。記憶を辿《たど》る。

「彼から言いだしたことじゃなかったな。確かハイキングか何かに行ったとき、わたしが男の子っぽい服を着ていったら、彼が妙に気に入ってね。それならもっと喜ばせてあげようと思って、街中のデートにもボーイッシュな服を着ていったんだ。そしたらすごく喜んで。

段々エスカレートして、ホンモノの男物を着るようになって、今に至る」

「そっか」

麻里奈が眼を細くして、宙を睨んだ。考え事をするときの、彼女のクセだ。

こんなときは、何を話しかけてもダメだ。自分一人の思考に没頭してしまっている。それほど長い時間でもないから、放っておいた。

麻里奈が現実世界に戻ってきた。目の大きさが戻る。

「ひょっとして……」

麻里奈がテーブルのティッシュペーパーを取って、口元を拭いた。そして立ち上がる。梨穂の背後に回り込むと、そっと抱きしめてきた。

「どうしたの？」

他に言葉が思い浮かばない。麻里奈は、梨穂を抱きしめたまま言った。

「わたしたち、勘違いしてたかもしれない」

「勘違い？」

「彼氏の趣味」

食卓の椅子は、背もたれが低い。そのため後ろから抱きしめられると、ダイレクトに麻里奈の胸が当たる感触があった。残念ながら、彼女の胸は、梨穂よりも大きい。

「彼氏は、男の恰好をしたあんたを喜んだ。服を着たままエッチするくらいに。わたしにも彼氏くらいいるけど、男ってエッチするときには、必ずおっぱいを触るよね」

言いながら、手を前に回して梨穂の胸に触れた。ふんわりとした快感が湧き上がってくる。

「うん……」

「わたしの経験では、ほぼ例外なくおっぱいを揉んで、吸うよね。でも、あんたの彼氏は、男装したあんたの胸を触ろうとしない。シャツのボタンを外さないくらいだし。だから、彼氏はあんたのことを男として抱いているんだと思ってた」

「だから、ゲイだって？」

「そう。でも、あんたが実験した結果、どうもそうじゃないらしい。じゃあ、どうしておっぱいを触ろうとしないのか。別に、男装したからって胸は触れるでしょ。というか、本能的に胸に手が伸びるはず。そうしないところに、彼氏の明確な意志を見ることができる」

「明確な、意志」

機械的に繰り返した。意味がわからないからだ。

麻里奈が手に力を込めた。

「単純に考えるべきだった。男の恰好をしようが、どうしようが、彼氏はあんたを抱いているわけだよ。彼氏はあんたのあそこに突っ込んで、出してるんだから。彼氏は、あんたを女と思っている。女として抱いている。そういうこと」

「…………」

梨穂は答えられなかった。意味がわかるようでわからない。麻里奈は返事を待たずに話を続けた。

「彼氏は、あんたのことを女としか見ていない。それなのに、男として抱いている。そんな矛盾した行動に、意味はあるのか。わたしは、あると思った。根拠は、そもそもの始まり」

「始まり？」

ジャージの上から乳首をつままれた。家ではノーブラだ。勃ちかけていたそれは、刺激を受けて簡単に硬くなった。

「そう。あんたが男装するようになったきっかけ。あんたは、彼氏に言われて男の恰好をしたわけじゃなかった。自分の意志で男装を選んだ。彼氏もその経緯を知っている。あんたが自分の意志で男の服を着てきたからこそ、優しい彼氏はその気持ちを尊重して、男として抱いた。ひょっとしたら、そういうことじゃないのかな」

「わたしの、意志……」

「そう」

麻里奈は梨穂のジャージをたくし上げ、乳房を直接触った。しびれるような快感が脳を突いた。

麻里奈は梨穂の乳房を弄《もてあそ》びながら続ける。

「ここで問題。彼氏は、あんたがなぜ男装してると思ったんだろうね。それこそ、単純に妙な趣味だなと思ったのか。それとも、何らかの意図があってやってると思ったか。わたしは、後者だと思う。だからこそ尊重して、男として抱いたわけだから。じゃあ、あんたの意図って、何？」

「意図って言われても……」息を乱しながら答える。「さっき説明したでしょ。わたしは、彼に喜んでもらいたいから……」

「でも、彼氏に頼まれたわけじゃないでしょ？　だから少なくとも、彼氏は自分のためだなんて考えていないよ。あんたが男装するのは、あくまであんた自身の問題だと考えたはず。じゃあ、あんたはどんな問題を抱えているのかな。正確に言えば、彼氏は、あんたがどんな問題を抱えていると思っているのか」

「………」

答えようがない。いくら愛し合っていても、心の中まで読めるわけがない。それなのに、引き合わせたことすらない麻里奈が、浅野の心に踏み込もうとしている。

「見当をつけたきっかけがあるんだと思う。あんたはエッチの最中、ちょっと変わった行動を取ってるんじゃないの？　たとえば、男相手なのに、乳首をいじりたがるとか」

「――えっ？」

与えられた快感を忘れて、思わず訊き返していた。浅野とのセックスのとき、確かに自分は、彼の乳首を触っている。

「男だって、乳首をいじられて喜ぶ奴はいるよ。女がそれをするときは、相手の好みを知っていて、気持ちよくなってもらおうと、意図的にやるんだよね。でもあんたは、無意識のうちに、彼氏の乳首をいじっていた。彼氏はその様子を見て、気づいたんじゃないのかな。これは、おっぱいを愛撫する動きだと。つまり、この女は、日頃からおっぱいを揉んでいる。そういえば、こいつは女の子と一緒に暮らしている――」

ぞくりとした。快感と、恐怖。

梨穂は、カミソリの刃を舌に載せてそっと差し出すように言った。

「あの人が、わたしとあんたの関係に気づいてたって？」

「そうとしか、思えないんだよ」

麻里奈の声は、悲しみを含んでいた。

「女とエッチしてる女が、男の恰好をしている。わたしたち個人の事情を別にして、世間的に想像されるのは、ひとつでしょ？」

わかる。

「わたしがタチで、あんたがネコってこと？」

「そう」

肯定しながら、麻里奈はネコとは思えない動きで梨穂の乳房をまさぐる。

「あんたは、真性のレズビアン。彼氏はそう結論づけた。だから、普段から男の恰好をして、女の子を抱いている。彼氏がどんな気持ちになったのかはともかく、あんたを尊重して受け入れた。自分に抱かれている以上、男が嫌いってわけでもなさそうだから、実害はないと考えたのかもしれない」

麻里奈が手の動きを止めた。

「あんた、彼氏のことを『しょっちゅう妙なことを見つけてきては面白がる』って表現したよね。まさしく、彼氏は面白がった。自分の彼女は、自分を愛していながら、男として女の子を抱いている。だったら自分は、男としての彼女を抱いてやろう。そんなふうに考えて、男装したままのあんたを抱いた。それでも、好きになったのは、女としてのあんた。だから、一度男装のまま抱いて、あんたへの義理を果たしたら、今度は女としてのあんたを愛した。彼氏の行動は、そんなふうに説明できるんじゃないのかな。そして、この間の土曜日」

「…………」

「あんたは、それまでと違った行動を取った。男の恰好のまま、彼氏のものを咥えた。それまでは、男装したときは、されるがままになっていただけなのに。はじめて、能動的に動いた。しかも、男の象徴を咥えるという行動に出た。彼は、あんたがどこかの女じゃなくて、自分を選んだと思ったんじゃないかな。だから嬉しくなって興奮して、つい早く出してしまった」

麻里奈の話は終わった。

終わったにもかかわらず、麻里奈は愛撫を再開しない。ただ、梨穂を背後から抱きしめていた。

なんてことだ。

自分は、浅野を喜ばせたいと思って、男の子の恰好をした。わざわざネット通販で服を買ってまで。それが、勘違いだったというのか。

いや、問題はもっと深刻だ。かつて麻里奈は梨穂に言った。

――おかしいのは、彼氏じゃなくてあんたなんじゃないの？

麻里奈の言うとおりだった。相手の変な趣味につき合っていたのは、自分じゃなくて浅野だった。自分は浅野を通して、自分自身を見ていたのだ。

涙がこぼれた。

よく、見捨てられなかったものだ。

心底そう思う。相手が浅野でなければ、気味悪がって、あっさり捨てられていたことだろう。何でも面白がる人間は、そこに価値を見出す人間だ。浅野は、自分に価値を見出してくれた。

嗚咽《おえつ》は出ない。悲しくなんてないからだ。ただ、涙が流れた。

抱きしめる力が緩んだ。麻里奈は、梨穂の股間に触れることなく身体を離した。そっとキスしてくる。

「そろそろ、潮どきかな」


「――ああっ！」

浅野が射精し、同時に梨穂も絶頂を迎えていた。

梨穂が上になると、浅野のものは天を向くことになる。真上に放たれた精液は、真っ直ぐに梨穂の体内を撃ち抜いた。

全身の力が抜け、浅野の上に倒れ込む。あまりの気持ちよさに、動けない。浅野は手探りで毛布をたぐり寄せ、梨穂の身体に掛けてくれた。

「珍しいね」

浅野はそんなことを言った。視線の先には、ハンガー。今日、梨穂が着てきた服が吊り下げられている。ボーダーのチュニックに、グレーのレギンス。つまり、女の子の恰好だ。

梨穂も顔を上げ、自分の結論を見つめた。そして、口を開く。

「もう、男の子の恰好はやめたの」

「そうなんだ」驚きも、不審も含まれない響き。「どうして？」

「心境の変化」

そう答えた。もし麻里奈の考えが当たっていたのなら、それだけで意味は通じる。

「そうか」

静かに言って、浅野は梨穂の髪を撫でた。優しい仕草。

「じゃあ、結婚しようか」

「………………！」

思わず浅野の顔を見る。すべてを理解した表情が、そこにあった。

梨穂は、浅野の胸に顔を埋めた。

喜びを隠すためだ。

照れくささを隠すためだ。

涙を隠すためだ。

顔を埋めたまま、ひと言だけ言った。

「――うん」

解　説――ミステリと不可分な官能がもたらす愉悦

村上貴史《むらかみたかし》（ミステリ書評家）

■本格

地震で止まったエレベーターという、世界最小レベルの密閉空間で起きる事件を描いた短篇ミステリ「暗い箱の中で」を、石持浅海《いしもちあさみ》は鮎川哲也《あゆかわてつや》が編者となった公募短篇アンソロジー『本格推理』に投稿した。結果は合格。そして第十一集である『本格推理⑪　奇跡を蒐《あつ》める者たち』に「暗い箱の中で」が収録され、石持浅海は世に出ることとなった。さらに二つの短篇が『本格推理』に掲載された後、彼は光文社カッパ・ノベルス新人発掘企画『KAPPA-ONE』第一期メンバーの一人として、二〇〇二年に書籍デビューを果たす。デビュー作は『アイルランドの薔薇』という長篇ミステリで、テロリストに支配されたアイルランドの宿屋という特殊な閉鎖環境を舞台に謎解きが繰り広げられる一作であった。続く第二作『月の扉』は、ハイジャックされた航空機のなかで推理が進められるという、これまた特殊な密閉環境ミステリで、日本推理作家協会賞の候補ともなった。さらに、同窓会を舞台に密閉環境における推理を堪能させてくれる倒叙ミステリ『扉は閉ざされたまま』(〇五年)で本格ミステリ大賞の最終候補となるなど、密閉環境のロジカルな推理合戦を得意とする作家として実績を積んできた。

そんな理詰めの論戦を得意とする本格ミステリ作家・石持浅海だが、ときに彼はその枠を逸脱し、異形のミステリを発表する。この短篇集『真実はベッドの中に』もそうだ。

■官能

『真実はベッドの中に』は、二〇一四年に刊行された『相互確証破壊』を改題・文庫化した一冊である。『相互確証破壊』刊行当時の水谷《みずたに》奏音《かのん》との対談によれば、この作品集が生まれたきっかけは、「オール讀物」編集部から官能ミステリを書いてほしいと依頼を受けたことだったという。そう、本書は、全収録作が官能ミステリなのだ。本格ミステリ文脈での石持作品を予想して読み始めた方が、まず間違いなく面食らうほどに濃厚な。

本書先頭に置かれた短篇「待っている間に」では、まず、一組の男女が描かれる。妻子ある田原《たはら》と、その不倫相手である沙耶《さや》だ。二人は、同じ会社で共に国家間協定違反の秘密業務に携わっており、今回は、その業務の一環で、他の四人のメンバーとともに社の保養所に来ていた。だが、もちろんのこと、すべての時間を仕事に費やすわけではない。一頁目で田原は自分の部屋に内側から施錠する。室内にいるのは、田原と沙耶の二人だけ。二頁目で田原は沙耶を背後から抱き、三頁目で胸に手を伸ばす。四頁目で田原は沙耶のカットソーの裾をたくし上げ、五頁目で沙耶は田原の股間を握る。さらに六頁目、七頁目と行為は進展していく。官能小説が始まったのだ。その後も石持浅海は筆を止めず、二人の行為が進んでいく様を描写し続ける。だが、著者の筆は、行為の最中も止まることのない田原と沙耶の会話をも書き起こし続ける。その会話は、ときに喘《あえ》ぎ声は交わるものの、主たる内容は睦言《むつごと》ではない。官能とは無縁の、会社についての会話であり、この保養所での出来事についての会話なのだ。そして彼らの言葉を通じて読者は、六時間ほど前にこの保養所で、社員の一人が殺されていたことを知る……。

男女が絡み、官能とミステリが絡む。それも石持浅海が得意とする特殊な密閉環境のなかで、だ。脳天から爪先まで痺れるような一篇なのである。被害者は何故殺されなければならなかったのか。会社から警察への通報を禁じられたなかで、保養所に残った五人はどう行動するのか。そして犯人は誰か。何故この環境下で殺人に踏み切ったのか。さほど分量のない短篇のなかにこうした問いかけがぎゅっと詰め込まれており、田原と沙耶は身体を重ねつつ、これらについてロジカルな会話を重ねていくのである。なんと刺激的なことか。それだけではない。この短篇では、そうしたハイブリッドな刺激に加え、さらに意外な展開と意外な結末が待ち受けているのである。いや素晴らしい。第一話にして既に絶頂だ。

続く第二話は「相互確証破壊」。二〇一四年の刊行時点では表題作だった一篇である。どんな話かといえば、ダブル不倫の物語だ。仕事で知り合った男女が、こうした関係に陥ったのだ。ありきたりといえばありきたりだが、この不倫カップルには、一つ奇妙な点があった。男が毎回、ラブホテルでの自分たちの行為を撮影するのである。プレイの一環としての撮影でもなさそうで、男は、その動画データのコピーを女に渡す。家庭を破壊するデータを相互に持ち合うという関係を、女は自嘲気味に〝相互確証破壊〟という冷戦時代の発想に準《なぞら》える……。

男女が合意した上での撮影なのだが、〝何故こんなことをするのか〟との疑問を抱くと、それはミステリに化ける。第一話よりも、なおいっそう官能とミステリが溶け合った〝官能ミステリ〟だ。ちなみにこの「相互確証破壊」だが、本書収録作品のなかでは最も遅く書かれた一篇である。石持浅海は、第一話は官能ミステリについて手探りだったので自分の得意な枠を作って書いたそうだが、六作目ともなると、より密に溶け合った作品に仕上がっている。撮影の意外な動機が印象的で、そのうえで、動機を知った女の行動も予想外。こんなかたちのピリオドに導くのかと驚かせてくれる。

続く「三百メートル先から」は、引きこもりの男が狙撃されて殺された事件を扱っている。視点人物は、撃たれた男の妹の由眞《ゆま》。彼女は、兄の幼なじみの晴仁《はるひと》と高校時代から付き合っている。そして兄の事件がもたらした恐怖を紛らわすべく晴仁の部屋にやってきて、抱きつくのだ。二人はベッドの上で、由眞の兄の事件について推理を交わす……。

怖い小説だ。臆病な心、ズルい心、あるいは人を殺める能力、さらに諦観——そんなものが、本篇では歪《いびつ》なかたちで攪拌《かくはん》されていく。そして推理が焦点を結んだとき、さらに男が達したとき、読者が誰一人として予想しなかったような出来事が起こるのだ。それは一三九頁の最後から三行目に始まり、続く二頁で示される真相によって読者が目撃してきた情景の意味が一変し、最後の一四二頁に抜け殻となって余韻を残す。まさに衝撃の結末である。そしてもちろんのことだが、官能ミステリである。詳述は避けるが、この短篇においては、官能は手掛かりと一体化している。つまり官能とミステリが不可分なのだ。感嘆するしかない。

短篇集の後半に入り第四話「見下ろす部屋」だ。寺谷《てらたに》が名古屋に転勤になってからも、芽《め》依《い》との不倫関係は続いていた。月に一度、支店長会議のために上京する寺谷が好む部屋で、二人は交わる。駅に近いホテルの十一階の一室の窓際で、窓の外を見ながら……。

二人がこうした関係に陥るまでの〝なれそめ〟から現在までを綴《つづ》るこの短篇、趣は相当にウェットである。そしてその雰囲気に見合う謎が、性行為のなかで示されるのだ。そして序盤から巧みに配置してきた〝かけら〟を拾い集めて、結末へと至る。推理や謎解きを強調した一篇ではないが、官能（描写という面でも行為という面でも）とミステリ（謎であり推理であり、伏線に導かれた意外な結末であり）は、見事に溶け合っている。知と情が美しく交接した一篇だ。身勝手な決断が残す苦味と合わせて、しっかりと味わった。

第五話「カントリー・ロード」は、ロード・ノヴェルという形式で官能ミステリを表現した一篇。

深夜の第一京浜、川崎方面へと流れる道で、美結《みゆ》と五十嵐《いがらし》の旅は始まった。ヒッチハイクで西へ向かいたいという美結を、福岡に帰郷するという五十嵐が拾ったのだ。訳ありの美結。所持金はほとんどない。車に乗せてくれた五十嵐に差し出せるものといえば、身体だけだった。故に彼らは行為に及ぶ。ときにラブホテルで。ときに車中で……。

初対面の男女の旅のなかに仕込まれた〝謎解き〟が実にスリリングだ。美結と五十嵐は、お互いの情報がゼロである状態で知り合い、言葉や肉体を通じて情報交換を進めていくのだが、その最中にこんな推理が行われていたとは。驚きしかない。この短篇では、最終的な答えを示してから、そこに至った過程が説明されるのだが、その道筋も明快でよい（すべての情報を読者に開示しているわけではないが、その情報を謎解き役が入手し得たという点には納得できるように書かれている）。謎解き後の展開もリリカルで印象深い。ちなみにこの短篇は、「タイトルを歌謡曲にしてくれ」というオーダーで書かれたそうだ。「故郷へ帰りたい」という邦題で紹介されることもあるジョン・デンバーの曲の内容と重ねて読むのもまた一興。

そしていよいよ最終話「男の子みたいに」だ。

小柄で童顔の梨穂《りほ》が男装するのを、恋人の浅野《あさの》は喜ぶ。二人でホテルに入ると、服を全部は脱がさないまま、浅野は梨穂を抱く。自宅に戻った梨穂は、何故男装なのかという疑問の答えを探す。ルームメイトの麻里奈《まりな》と女性同士で交わりながら……。浅野には愛を求め、麻里奈には快感を求める梨穂。彼女は、麻里奈のアドバイスを受けながら、浅野の真意を探る。それもプレイを通じて、だ。これぞベッド・ディテクティヴである。ジョセフィン・テイの『時の娘』や高木彬光《たかぎあきみつ》の『成吉思汗《ジンギスカン》の秘密』のように、探偵役が病床で推理を繰り広げるという、安楽椅子探偵パターンのバリエーションとしてのベッド・ディテクティヴとは全く異なる探偵像だが、梨穂の行為、つまり、肉体のあちらこちらを訪ね歩き、その〝証言者〟たちに指や舌を用いて問いを重ね、返ってきた〝言葉〟をもとに推理するという行為は、やはりベッド・ディテクティヴと呼びたくなる。故にこの最終話も、見事に官能ミステリとして仕上がっているというわけだ。幕切れも、短篇集の最後に相応《ふさわ》しいものとなっていて好感が持てる。

以上六篇、全体を通して石持浅海の矜恃《きょうじ》が伝わってくる。まず、それぞれの短篇が、ミステリという石持浅海の得意分野に、単に官能を足し算しただけのものではないという点だ。それぞれの短篇から〝官能〟を引き算し、たとえば〝経済〟〝IT〟など、なんらかの代替キーワードを足し算したら〝経済ミステリ〟〝ITミステリ〟として成立してしまうような、そんな表面だけを取り繕った〝官能ミステリ〟ではない。両者を不可分のものとして、石持浅海は各短篇を成立させたのである。与えられたお題に対し、十分すぎるほどの回答を示したのだ。

さらに、六篇がそれぞれに個性的である点も強調しておきたい。官能とミステリの組合せ方にも変化を持たせている。こうした姿勢もまた著者の矜恃を感じさせてくれる。

そのうえで、〝ミステリ作家〟としての矜恃も、同時に伝わってくる。というのも〝官能そのもの〟、より詳細に記すならば〝性行為そのもの〟は、各篇の間でそれほど相違がないのだ。官能とミステリは不可分なものとして仕上げ、さらに官能ミステリとしての各篇毎の個性は重視しつつ、行為そのもののバリエーションにはこだわらなかった点に、石持浅海の〝ミステリ作家〟としての矜恃が表れている。

本書は、短篇一つずつとしても、短篇集全体としても、素敵に書かれているのだ。

■異形

冒頭で、石持浅海がときに枠をはずれた異形のミステリを発表すると書いたが、明確にそれが示されたのは、二〇〇四年に発表された第四作『BG、あるいは死せるカイニス』だった。第三作『水の迷宮』でも水族館という現実に存在する舞台を選び、『アイルランドの薔薇』『月の扉』と同様にロジカルな謎解きを描いてきた著者だったが、『BG、あるいは死せるカイニス』において、現実とは相当に異なる世界を舞台として選択したのである。今ならば〝特殊設定ミステリ〟と呼ばれるであろう作品を書くことにしたのだ。

『BG、あるいは死せるカイニス』の世界では、すべての人間は女性として生まれてくる。その後、出産を経て一部の人間だけが男性になる。そんな〝枠外〟の舞台で石持浅海が描いたのが、男性化の候補となっていた女性が殺された事件だ。遺体には、未遂だがレイプされそうになった痕跡《こんせき》もあった。誰が彼女を殺したのか、そして、女性が男性をレイプする事案の方が圧倒的に多いこの世界で、被害者の女性がレイプされそうになったのは何故か。そんなミステリを、石持浅海は世に送り出したのだ。それまでの三作の読者を不意打ちするかのように、唐突に。なお、唐突に作品世界を変えてきたが、結局のところ『BG、あるいは死せるカイニス』は石持浅海らしいロジックに支えられたミステリであり、従来読者も満足することになったのでご安心を。

その四年後に発表した『耳をふさいで夜を走る』は、舞台こそ現実社会ではあるが、内容が異形だった。主人公の男は、三人の女性を殺そうと決意した。いずれも身近なところにいる女性たちだ。だがその矢先、部屋を訪ねてきた恋人を、セックスの途中で殺してしまう。先に手を出したのは恋人の方で、正当防衛を主張できそうな状況ではあるが、彼は、そうした事件が表面化した後では三人の女性を殺しにくくなると考えた。かくして彼は一夜のうちに三人を殺し、そのうえで、正当防衛を主張できる状況を整えようとする……。男が制限時間のなかで連続殺人を実施するためにターゲットの状況を推理し、さらに犯行推進のために自分の訪問を正当化するロジックをひねり出す様など、犯人捜しの謎解きとはまるで異なるベクトルだが、ミステリらしい思考を愉しめる一冊だ。この小説には、そのロジカルな男が、一方で意図せずに勃起しているようなシーンもあれば、唐突に欲情する場面もあり、本書との共通点をいくつも見出せる。これを読んだ編集者が、前述のように「官能ミステリを書いてほしい」と依頼したのではないかと思えるほどに。本書の愛読者なら必読である。

そして一四年の『相互確証破壊』、すなわち本作『真実はベッドの中に』を経て、石持浅海は一九年に『不老虫』を発表する。不老虫とは、人類の脅威となる寄生虫サトゥルヌス・リーチのこと。日本への密輸が企まれているこの寄生虫を巡って、農林水産省をはじめとする対策側と密輪側が繰り広げる理詰めの知恵比べを愉しめるという石持浅海らしい長篇ではあるが、同時に、不老虫は妊娠中の女性の子宮に宿るという設定は十分に〝枠外〟だし、グロテスクなシーンもしっかりと盛り込まれている。やはり異形なのだ。

それらと比べると、現時点での最新作となる『新しい世界で　座間味《ざまみ》くんの推理』（二一年）は、王道の石持浅海ミステリを貫いている。たとえば同書の表題作は不倫を題材としているが、本書とはまるで異なる味付けだ。ロジックの刃の凄味は共通しているものの、男女の描かれ方がまるで別物である。本書と読み比べてみると両者の相違が際立って、また別の味わいを愉しめるはず。お試しあれ。

■石持

石持浅海が『アイルランドの薔薇』で書籍デビューしてから二十年になる。

彼はこの間、コンスタントに新作を発表してきた。シリーズ作もあれば、ノンシリーズ作もある。代表的なシリーズについていえば、第二作『月の扉』に始まった《座間味くん》シリーズの第五弾となる最新作は二一年に刊行された（前述の『新しい世界で　座間味くんの推理』）。また、『扉は閉ざされたまま』を起点とする《碓氷優佳《うすいゆか》》シリーズも、やはり二一年に最新作の『君が護《まも》りたい人は』が発表されている。こちらは第六弾だ。いずれもロジックの切れ味と美しさを堪能できる石持ミステリであった。そしてノンシリーズで最も新しい作品は、前述の『不老虫』である。

これら三作が象徴するように、石持浅海は軸のぶれない書き手である。ロジック、ロジック、ときおり異形。

そんな彼だけに、いずれまた〝異形のミステリ〟も書いてくれるに違いない。再び官能と融合するのかどうかはわからないが、なにかやってくれそう。期待はつのる一方だ。

本作品は二〇一四年七月、文藝春秋より刊行された『相互確証破壊』を改題、一部内容を変更し、加筆修正しました。

双葉文庫

い-62-01

真実《しんじつ》はベッドの中《なか》に

2022年3月13日　第1刷発行

【著者】
石持浅海《いしもちあさみ》

【発行者】
箕浦克史
【発行所】
株式会社双葉社
〒162-8540 東京都新宿区東五軒町3番28号
［電話］03-5261-4818(営業部)　03-5261-4833(編集部)
www.futabasha.co.jp(双葉社の書籍・コミックが買えます)
【印刷所】
中央精版印刷株式会社
【製本所】
中央精版印刷株式会社

【フォーマット・デザイン】
日下潤一

ISBN978-4-575-52548-9 C0193
Printed in Japan